春潮NOV+

回到分歧的路口

如梦之梦

赖声川 著

中信出版集团 | 北京

图书在版编目（CIP）数据

如梦之梦 / 赖声川著 . -- 北京 : 中信出版社，
2019.7（2021.4 重印）
ISBN 978-7-5217-0699-4

Ⅰ . ①如… Ⅱ . ①赖… Ⅲ . ①话剧剧本－中国－当代
Ⅳ . ① I234

中国版本图书馆 CIP 数据核字（2019）第 108262 号

如梦之梦

著　　者：赖声川
出版发行：中信出版集团股份有限公司
（北京市朝阳区惠新东街甲 4 号富盛大厦 2 座　邮编　100029）
承 印 者：河北鹏润印刷有限公司

开　　本：787mm × 1092mm　1/32　　印　　张：12.5　　字　　数：120 千字
版　　次：2019 年 7 月第 1 版　　印　　次：2021 年 4 月第 4 次印刷
广告经营许可证：京朝工商广字第 8087 号
书　　号：ISBN 978-7-5217-0699-4
定　　价：69.80 元

– 编剧 –

赖声川

参与赖声川主持之创作型即兴排练教学的
– –
全体原始演员

– 美国加州伯克利大学教学工作坊 –

Fred Chen, Grace Chen, Michael Cheng, Peter Kang, Daniel Lai, Thao Luu, Cindy Lu, Hann Mao, Maya Maravilla, Daniela Melgoza, Allison Minami, Duy Nguyen, Homer Rabara, Erica Rangel, Ethan Rogers, Cheryl Seet, Adia Shy, Dennis Somera, Christie Wang, Jane Wang, Ruirui Wang, Lily Wang, Gabrielle Wolodarski, Marie Uy, Tad Yagi

– 台北艺术大学教学工作坊 –

梅若颖、严艺文、时一修、林佛安、李育芳、林玉琪、张文梁、金勤、高煜玟、张显魁、郑仁纲、吴维纬、萧正伟、江谢保、黄士伟、刘湘湘、刘美钰、蒲建铭、潘书慧、徐堰铃、雷煦光、王诗淳、刘佳仁、蒋孟和、萧祯洁、巫沛芳、丁肇元、沈韶姮、周姮吟、李依璁、易晓玲

2000 年

– 人物 –

医　生　A	女，台大医学院毕业的年轻医生
医　生　B	与医生 A 为同一人，可以理解为不同时间的同一个人
五号病人 A	男，三十多岁，建筑师，得了一种医学无法诊断但确定是绝症的病
五号病人 B	与五号病人 A 为同一人，可以理解为不同时间的同一个人
妻　子　A	五号病人之妻，流行音乐经纪人
妻　子　B	与妻子 A 为同一人，可以理解为不同时间的同一个人
江　红　A	女，曾经学美术。偷渡到法国的餐厅服务生，过着简单的生活，碰到中国人假装不会说中文
江　红　B	与江红 A 为同一人，可以理解为不同时间的同一个人
顾香兰 A	1999 年住在上海医院中的老太太
顾香兰 B	20 世纪 30 年代上海年轻的顾香兰，是当年上海长三堂子最红的妓女
顾香兰 C	从上海到法国的顾香兰
王德宝 A	20 世纪 30 年代上海南京路丝绸铺小开，迷恋顾香兰
王德宝 B	20 世纪 50 年代的王德宝
伯　　爵	男，法国派驻上海的外交官

其他角色

台北，1993—2000 年

医生之父、同事、护士、病人数人、家属数人、工友、清洁工、林医师、陈医师、探病者、堂哥、堂姐、准男友、堂弟（声音）、堂妹、电影院售票员、买票行人、小贩、妻子的梦中敌人、梦中行人、梦幻医生、医学院代表、警员（两位）、各医院医生、旅行社员工、旅客

法国，1998—2000 年

餐馆老板、餐馆老客人、餐馆客人、台湾客人、中医、吉卜赛人、书店老板、书店顾客、街头行人、火车服务生、火车乘客、诺曼底小酒店老总管、孙女、小酒店客人（两位）、城堡柜台职员、城堡经理、男服务生、女服务生、城堡餐厅领班、侍者、法国客人（八位）、玛莉、总管、煎蛋的江红（九位），非洲式房子新夫人、千年仪式狂欢者

上海，1999 年

机场海关、检查人员、旅客、徐教授、雪雪、上海医生、护士

上海，1932 年

天仙阁十里红、金姨、翠琴、宝霞、媛媛、如玉、萍香、妙莲、二宝、笛师、保镖（两位）、茶水工、张老板、杨大少、钱老板、教授、马老板、翻译、伯爵夫人、中国仆人（两位）、茶馆跑堂、茶馆客人、街头行人、小贩

法国，1932—1950 年

船员（三位）、船客、家属、城堡总管、玛莉、男服务生、女服务生（两位）、行李夫（两位）、皮耶、贾克、贵客、贵妇、蒙巴纳斯咖啡馆中的艺术家萨尔瓦多、维若妮卡、科学家、岗蒂夫人、超现实主义者、路易、共产党人、女摄影师、艾丽斯、作曲家、神秘舞者、咖啡馆老板、男服务生、市长、随从、火车站车掌、乘客、家属、警察局警员、银行经理、银行职员、保安、代书、学画者、新模特儿、街头行人、女主人、男主人、非洲式房子新夫人、男孩、女孩、新仆人、高级餐厅侍者（两位）、巴黎医院医生、神父

笛子、吉他、手风琴乐手

– 时间 | 地点 –

台北，2000 年

台北，1993—1998 年

法国，1998 年

上海，1999 年

上海，天仙阁妓院，1932 年

法国，1932—1950 年

法国，2000 年

– 演出长度参考 –

世界首演版本剧长约 8 小时，现在版本剧长约 7 小时。演出时可一天演完全本，也可分两天演，第一天在第五幕演完后休息。一天演全本有三次中场休息，分别在第二幕、第五幕及第八幕之后，第二次中场休息较长，可以让观众用餐。

- 序　幕 -　集体故事《如梦之梦》

0-1 绕场

环绕

全体

观众进入到一个庄严的空间，坐在表演区中央的旋转椅上。四周都是演出展开的空间。

“旅行音乐”奏起，表演者从剧场的四方上，穿着平时的便服，提着自己平时走在马路上拿的提袋及包包。

所有表演者进入剧场的时候，表情仿佛不太知道自己在哪里。他们一边看着环境，一边缓缓上场，开始依顺时针方向，在主观众席四周环绕着观众走。

人越来越多，不久之后，所有演员都依顺时针方向绕着主观众席走。他们的表情木讷，和任何日常生活中常见的行人差不多。

不知不觉地，其中一两位演员动作开始急促，好像在人群中赶时间。他们在行人之中穿梭，造成一种不安的气氛。无形中，好像是潜意识的作用，其他演员也跟着急促起来，步伐越来越快，甚至有的开始跑步。整个队伍形成一种忙乱、躁动的样子。

全部人在跑，互相推挤，拼命超越，但表情仍然木讷。

也不知道为什么，整个队伍渐渐又开始缓慢下来。原来奔跑的人也不知道什么理由，已经不那么匆忙了。队伍恢复原先步调，开始缓慢下来，个别人以不同的速度和节奏在四周不同方位停下来，放下各自的包包，面对观众。不久之后，所有演员已经围住观众四周，面对观众。

其中饰演顾香兰A的演员在正南停下来，把自己的包放地上，从包中取出一个铃铛。

安静片刻。

饰演顾香兰A的演员摇起铃铛。

0-2 “如梦之梦”

环绕

全体

接着，演员开始以接力方式，集体说出以下这个故事。

全　体　（轮流）“在一个故事里，有人做了一个梦；

在那个梦里，有人说了一个故事。”

但是不管是故事里的梦，还是梦里的故事，它都是真的。

（一位演员怀疑）啊？

（另一位演员肯定）它都是真的。

传说中，在战国时代末期的齐国，有一位诗人名叫庄桁。当时是个充满暴力的乱世，地处西边的秦一步一步吞灭邻国。在齐，远方的战火消息不断，传来的都是残酷的肉搏战，人杀人，人砍人，人杀不认识的人，人砍不认识的人。在不同气氛之下，这些人或许不是在战场上相遇，而是围着饭桌喝酒高歌。在庄桁的齐国，日子变成一种漫长的等待，等待不可避免的毁灭。

庄桁原来在齐国朝廷中任官，也因为他的诗作而成就了一点小名声。有一天他突然清醒，看清在这恐怖的等待中，追求名、利，甚至简单的家庭温暖都是多么不合理的愿望。他辞去了朝廷职务，到齐鲁两国边境的山林中隐居修行，远离一切的暴力。

山林中的隐士散居在简陋的茅屋中。庄桁静坐求道的同时，继续写诗吟诵。这个时期他最著名的一首诗叫作“如梦吟”，让他得到一个称号叫“庄如梦”。

山中岁月如流水般快速过去，在外面的世界里，秦国大军如预料般灭了庄如梦的家乡，一统天下，顺便杀了庄如梦全家人。本来这红尘琐事对山中修行的庄如梦来说是没有差别的，但秦始皇的焚书坑儒政策使得庄如梦成为要逮捕入坑最重要的儒生。

秦国衙吏夜间秘密地到达庄如梦山边的茅屋，发现里面空无一人。庄生已经事先逃匿他方了，到遥远的一个美丽湖泊，隐居湖中小岛上，附近的村民偶尔能看到他乘着小舟，静静地划向烟雾弥漫的湖中央。有人传说他是一位通天地万物的仙人，但又有人说他其实每天啥事不干，成天在湖中小岛上睡觉，还有人说他其实在做一种特殊的“梦中修行”，在睡梦中禅定，慢慢培养能力，控制自己的梦。

秦始皇的部队还是找到了那美丽的湖泊，湖畔的村民全部当场被歼灭，庄如梦直接被抓到体弱气衰的秦始皇面前。

秦始皇一见鹤发童颜的庄如梦，立刻相信他拥有长生之术，但庄如梦什么都不说，只会微笑，然后睡觉。秦始皇把他丢到一个暗无天日的小牢房中，就让他腐烂算了。但他没有腐烂，成天睡觉，醒来的时候神采奕奕，吟诵诗歌，把秦始皇气得下令在一段节庆过后的吉辰良时，把庄如梦和其他一千位儒生一起活埋在一个大坑中。

庄如梦的生命只剩下几星期了。在这段日子里，他的睡眠时间开始日益增长，到后来几乎整天都在睡觉。

行刑的日子到了。牢房内非常安静，牢狱的伙食几天下来摆在门口，原封不动。日出之前，狱卒来到庄如梦的牢房，准备拖他出去处决，但他们赫然发现他已经死了。庄如梦安静地躺着，面带微笑，没有任何生命迹象。狱卒心想，其实无所谓，反正本来就要把他活埋，结果还不是一样？他们还是把尸体拖出牢房，丢进大坑，跟着其他儒生一起埋了。

说到这里，这个奇怪的小故事似乎说完了，但传说中还有这么一段，说明庄如梦在牢狱中最后睡眠逐渐增加的理由：

相信在一个旅程之前，我们都会做些准备。在牢狱中最后一段时间，庄如梦正为人生中最特殊的旅程做准备。

传说中，在湖畔的日子里，庄如梦的特殊修行能让他控制自己的梦境。到后来，他在自己的梦中能够来去自如、随心所欲，然后醒来过着日常的生活。被秦始皇囚禁之后，他每天加紧努力睡觉，在睡眠中耕耘，忙着一点一滴地建构一个梦中世界，一个与这个现实世界同等复杂而美丽的世界，那个世界里同样拥有山河日月、城郭村庄，甚至熙来攘往的人群。当然，也有一个美丽的湖。

这一切梦中的庞大景象被细心营造出来，在庄如梦行刑前的那一天完成。那一天，他整整睡足了二十四小时。他旅行前的准备做好了，他的世界准备好了。在庄如梦活在这个世界上最后的黎明前夕，他悄悄地走了，消失到他自己创造的梦中世界中，不再回来。

停顿。

当然，想象力是虚的。

但是面对如梦般的人生，它是否有它的作用力？

停顿。

庄如梦后来在另外那个梦中世界写了多少诗，我们不知道。在这世界上，岁月只让他留下《如梦吟》残篇四句：

浮生若梦。若梦非梦，

浮生何如？如梦之梦。

饰演顾香兰 A 的演员摇铃，众演员依顺时钟方向缓缓离去。

- 第　一　幕 -　医学之外

1–1 医生的独白 / 父亲的忠告

西南、环绕、北；东——父亲办公室

医生 A、医生 B、父亲、同事

众演员多数已下，南灯光亮起。医生 A 站着，对观众说话。她是一位年轻的职业女性，穿着便服。在以下的过程中，父亲的办公室微微出现在东；父亲坐在办公桌前面，默默地处理公事。穿着和医生 A 同样衣服的医生 B 和同事一直绕场，像是街上行人一样，以不同速度不时通过医生 A 面前。医生 A 边说，边往西走，最后位置在北。

医生 A 我的人生一直在很正常的轨道上。也许正因为如此，我一直没有机会碰触最……怎么说？应该说是最“正常”的一件事，好像我们在人生中唯一敢确定绝对会发生的那一件事。

我是医生，我们家族都是医生。我从小在医院长大的，每天放学都要经过门诊挂号，上楼到爸爸办公室等他下班，一种好熟悉的气味陪伴着我的童年。一般人会说那是酒精的味道，（激动起来）其实它是酒精加上病人集体带来的身上不同退化和腐朽过程中的味道。（发现失态）对不起。我从小习惯那个味道。

北一女[1]，台大医科，一切在被预期的优秀中进行着，我戴上医学士的方帽，顺利分发到我最想去的医院服务。记得我三个哥哥第一天上班做医生的前一天晚上，我爸爸都会把他们叫到他书房去训话，亲口传达关于医生这个行业的真正意义。那个时候我还小，但是我还会躲在门边偷听。我记得每一次爸都会讲到医生神圣的责任，对人类永远的义务，我都会热泪盈眶。

我满怀期待地准备第二天正式上班，更期待爸爸叫我到他书房，进行那个像仪式般的训话，给我力量，带我跨过某一道神秘的门槛，进入医生的行业，我选择的人生行业。可是他一直没有跟我联络，我想可能他太忙，所以那天晚上，我决定主动去找他。

焦点转到东。一直在绕场的医生B进入父亲的办公室，站在父亲面前。父亲忙着处理医事文书数据，一时没有注意到医生B的出现。

医生B 爸。

父　亲 （抬头）哎……小梅，你怎么会来？坐。

医生B坐。停顿。两人相看。略为尴尬。

医生B 我只是来看看你。爸，你很忙啊？

父　亲 不会啊。

一直在绕场的同事到东敲父亲的门。

请进。

同　事 严医生，不好意思，（拿一张纸给父亲）您开的这批处方上，这药有问题。没打错吧？

父亲看着纸，停顿。

父 亲 有什么问题？

同 事 医院已经不使用这家厂商的药。

停顿。

父 亲 没有问题。你们新进的那些，就说我用不习惯，好不好？我还是开我开的。

同 事 可是医院明白地已经有新的规定。副院长让我正式通知您，希望您本着专业精神，以后不要这样。

父 亲 （严厉地）副院长什么专业精神？跟药商勾结很专业？开出来的药效用差异就不管了！

同 事 严医生，这就不妥了吧？

父 亲 什么不妥？副院长有意见请他直接跟我说，不要通过中间人传话，好不好？

停顿。

好不好？！

父亲把处方笺递还给同事。同事下。

现在这些小孩子，学校才刚毕业就这么搞……！

停顿。

医生B 爸，如果你今天忙的话，我就……

父 亲 没事，没事。你是……？

医生B 没事。我只是想来跟你聊聊。你知道，就是，明天……我的工作……

父　亲 你的工作？

医生B 就是我明天开始在台大医院……

父　亲 （点头）对对对，你明天开始在台大实习！

医生B 爸，我已经实习完了。

停顿。

父　亲 （打自己的头）唉……（感伤）时间过得真快，我们家小梅要做医生了！

父亲看着医生B。停顿。

医生B 爸，我今天晚上过来，就是因为我明天第一天上班，我想……你是不是有什么话要告诉我？

停顿。

父　亲 （慢慢地）小梅，你要记住，人要为自己活。

停顿。

医生B 还有呢？

父　亲 还有什么？

医生B 关于医生的使命、人性的价值……？

停顿。

父　亲 原来你要听我跟你大哥、二哥说的那一套？那好久以前，你都听过。

医生B 爸，我就是想听你说。

父　亲 我已经说很多了。小梅，爸希望你多为自己想想。然后……多为自己想想。

父亲起身，医生B也起身，两人相拥。
同时，东北灯光亮起，医生A一边说话，一边缓缓走动经过父亲办公室前。

医生A （旁白）那不是大哥、二哥得到的一番话，但爸也只说了那么多……

拥抱后，医生B从父亲办公室走出来，走在医生A后面，把旁白接过去。医生A继续往前走，在东南的位置，从父亲办公室的衣架上取下一件医生白袍，穿上，继续前进到南病房；医生B一边讲，一边走到东南，定位，面向观众。

医生B ……我就这样走进那昏黑阴湿的台北夜里。第二天一早，我去医院报到，人事室给了我新的医师袍和名牌，我骄傲地挂上了我梦想一辈子的名牌。我被分配到十楼五之二号病房 1024 到 1028 号病床。我带着微笑，深吸一口气，走进病房，迎面而来的还是那一股熟悉的酒精味，可是我反而觉得很陌生。我总觉得自己哪里还没准备好，还没准备好……

东父亲办公室中，父亲仍在工作，灯光渐暗。

1-2　第一天上班：四种死亡

南——台北病房

医生 A，病人一、二、三、四，五号 A；家属一、二、三、四，护士一，护士二，林医生，工友一、二，清洁工一、二

灯光在南亮起。医院病房。五张病床直放，从右舞台到左舞台，一号至五号病人依序躺着，家属坐在各个床边。五号病人没有家属陪同。护士一、二正在为病人做一些例行检查。医生 A 上，紧张但客气地面对病人。在背景中，一种像是人心跳正常的声音节奏持续着。

医生 A　（对一号病人）今天感觉怎么样？

家属一　你是谁？

医生 A　我是新来的医生。

家属一　他好像没有办法呼吸。

医生 A　（替一号病人检查）我来看看。

家属一　他一个晚上都没有办法呼吸，我看晚上那个医生根本搞不清楚状况。

医生 A　没有关系，我们今天在药物方面稍做修正。

家属一　又修？修来修去还不是都一样。

男性的林医生上，过来和医生 A 说话，谈话语气中有搭讪之意。

林医生 第一天？

医生 A 对。

林医生 今天比较拥挤，但是应该还好。有什么事的话，叫我一声。敝姓林。

医生 A 谢谢你，林医师。

林医生 （把医生A拉到一边）今天我们有办一个庆生派对，要不要来一下？

医生 A 好啊。

林医生 那我们等一下是在……

林医生和医生A在一旁讨论事情，心跳的节奏声渐渐急促，像是强劲的脉搏声。一号病人开始有状况，家属一在病床旁，突然大叫。

家属一 他怎么了？医生！医生！快点过来！

医生A、林医生冲过去，护士一、护士二也围住一号病人，忙成一团。家属一在一旁大叫。节奏声越来越激烈。

怎么搞的？！你们怎么这么慢？！快点！救命啊！你们没有看到吗？

节奏声停止，一种遥远的音乐起，一号病人已经死亡。护士一看表，确定死亡时间。

快点急救啊！他怎么了？

护士二 小姐，你可不可以……

家属一 他昏倒了！

护士一 他死了。

家属一 他怎么会……?

停顿。家属一歇斯底里。

还我丈夫来！你们还我丈夫来！我要跟我丈夫在一起，你们医院医死人！

护士二将一号家属带走，林医生下。

两位工友上，为病人铺上白布，将一号病人的病床推下。

护士一拿死亡证明书给医生 A。医生 A 失落地站在原地，一直在注意被带走的一号家属的情绪。

护士一 医生，请你签一下。

医生 A 你们把刚刚那位太太带到哪里去?

护士一 没事，不用管她，她每天都吵得别的病人不得安宁。

医生 A 这样的程序对不对?

护士一 对啊，就是这样。

医生 A 签字。

医生 A 应该多给她一点时间让她陪陪她先生。

护士一将医生 A 拉至一边。

护士一 医生，是这样的，病人死亡后一定要尽快隔离，否则后果不堪设想。你要是等病人家属一闹起来就没完没了，你不知道，这些病人家属最难缠了。

医生 A 我们难道不能在医院里多加一点人性的尊严吗?

停顿。

护士一 医生，我从昨天上大夜班到现在很累耶……

节奏声再起，渐急促。二号病人感到不对劲，医生A及护士一发现，上前急救。

家属二 医生！

医生A 氧气罩！快点啊！

护士二及林医生冲上，上前急救。

节奏声停止，遥远的音乐起，二号病人死亡。护士一看表。两工友上，为二号病人铺上白布。护士二拉着二号家属，请她离开。

家属二 急救啊！再救啊！

护士二 这位太太，请您先到一边去，医生他们还有别的事情要做……

家属二 不要拉我！再救啊！我不走！

两工友推二号病人病床离开。

我不走！我来推！

护士二 这是他们的工作，小姐您这样会妨碍他们。

护士二带二号病人家属离开。护士一拿死亡证明书给医生A。

护士一 医生，请你再签一下。

医生A签字。

林医生 严医生，你要不要休息一下？我带你去喝一杯咖啡，好不好？楼下弄了一个新的咖啡厅，咖啡不错。

尴尬的停顿。节奏声又起，渐急促。众医疗人员忙于急救。

家属三 护士！医生！他昏迷了！

三、四号病人同时情况危急。

护士一 怎么又一个？！

护士二上，众人忙着急救，一团混乱。

节奏声停止，遥远的音乐起，三、四号病人相继死亡。

先生，麻烦你到外面休息一下，我们医生还有事要……

家属三 医生！医生！我哥哥他昏迷了！

护士一 他不是昏迷，他是死了。

护士二带三号家属离开。

家属四 （激动）谁是这间病房的医生？我一定要告你！医生，快点！急救啊！你们搞什么啊！我要告你们！操你妈！我告你告到你没裤子穿！你完蛋了！……

两工友上，为病人铺上白布，将三、四号病人病床推走，三号家属被带离。四号家属追出去。医生A无助地站着。

护士一 （对医生A）你好"旺"哦。

护士一下。医生A呆看仅剩下的五号病人。清洁工开始收拾空椅子。灯光渐暗。

1-3　弱者的心态

西南、西；北——外双溪别墅、东北二楼——车上；东北平台

医生 B、医生 A、堂姐、堂哥、准男友、堂弟；堂妹

西南灯光再亮起，一直站在那里的医生 B 对观众说话。

医生 B　以前在学校，我们都是在死人身上做解剖……那一天，当我一个一个失去他们，当我看着他们眼神的时候，我没有想到是那么的……（找词）无助、孤单，那种茫然，寻找着线索、寻找方向……我说的是我。

独白中，医生 A 从医生 B 面前走过，到西一个衣架旁，把自己的医生袍脱下，拿着皮包，继续前进到北。北的灯光亮起，外双溪一座豪华别墅楼上的客房，医生 A 望着窗外，沉思。

……下了班本来想一个人独处一下，可是我叔叔在家里请客，说是要恭喜我这个第一天上班的医生，其实我知道他们真正的目的，是堂姐想介绍男朋友给我。

南灯暗。北堂姐进。

堂　姐　干吗一个人躲在房间？没事吧？

医生 A　没事。

堂　姐　爸妈一直想把这一间改成客房。记不记得？我们小时候都

是躲在那边的衣柜里。

停顿。医生A呆望窗外。

我告诉你,"他"很棒哦,我们医院里头最有身价的单身汉!脑神经外科喔。

医生A 我现在不想下去。

堂　姐 出了什么事?

医生A 没有。

堂　姐 医院有人欺负你新手?还是哪个医生吃你豆腐?是不是那个陈主任?还是病人吃你豆腐?

医生A 不是。都不是。

堂　姐 那到底出了什么事?你快说。

停顿。

医生A 今天第一天上班,我被分配到五个病人。

堂　姐 你是菜鸟嘛,当然要给多一点。

医生A 也许吧。其中四位今天死了。

停顿。

堂　姐 我想我了解你的感觉。等你做久了以后就会比较好。

医生A 不知道为什么,我觉得我没有尽到责任。

堂　姐 你有照程序吗?

医生A 有。

堂　姐 如果没有,赶快说,让我爸去处理,越早处理越好。如果惹上什么医疗纠纷的，你就麻烦了。

医生A 这就是你处理事情的态度吗？你没有其他感觉吗？

堂　姐 小梅，我们是医生！我们最忌讳的就是“感觉”，任何对工作或者病人的“感觉”都会妨碍我们在紧要关头的专业判断能力。如果你在专业上都尽了力，可是病人还是走了，你也只能对自己说，这事情本来就每天都会发生的。

停顿。

医生A 你花了多少时间才这样麻痹自己？

堂　姐 啊？

医生A 我要花多少时间才会变得像你这样？谈论病人的时候好像在谈论一些数据，像是在指铁架上的一团肉，等着被推进来，切开来？

停顿。

堂姐，对不起。

堂　姐 没关系。

堂姐拍拍医生A的肩膀。

医生A 我只是当时感觉好无助、好无力……

堂　姐 我了解。

医生A 你知不知道，我们的训练根本没有让我们准备面对这个？

停顿。堂哥带着准男友上。

堂　哥 原来你们躲在这里！

堂　姐　欢迎！

准男友　（看着窗外）这边的景观真不错。

堂　姐　小梅，我跟你说，这就是我们医院大名鼎鼎的脑神经外科主治医师，李医师。他很快就要升主任了！

准男友　哪里。

堂　姐　坐嘛！坐嘛。这我堂妹，跟你说过的，今天第一天上班。

准男友坐在医生A旁边。

准男友　恭喜，恭喜。

堂　姐　她很优秀的！

堂　哥　堂妹，李医师高尔夫球不是盖的。这个周末带我堂妹去打吧，教教她。

堂　姐　对嘛！

准男友　可以啊。

停顿。

堂　姐　上场前总要在练习场学一学。

准男友　不然哪一天晚上我请你吃饭，然后带你去打。

医生A　最近刚上班，可能比较忙。

准男友　比较忙，对啊，刚上班都比较忙。

停顿。

堂　姐　楼下怎么样？

堂　哥　妈在试验一种新的羊排做法——“普罗旺斯蒜烤羊排”。快要烤好了，就差那么一点点。

堂　姐　妈的菜永远都是“差那么一点点”！

准男友　很香，真的很香。

停顿。

堂　姐　今天医院怎么样？

准男友　没有什么，开了几台。

堂　哥　哈！待会儿让你在妈的羊排身上再开一台！

众笑。医生 A 沉默。

堂　弟　（声音）吃饭了！

堂　哥　吃饭了。

堂　姐　下去吃饭吧。

堂哥与准男友下。堂姐看着医生 A。

医生 A　我马上来。

堂　姐　快点喔。

堂姐下。

东北平台灯光亮起，医生 B 站在那里，对观众说话。

同时在北，医生 A 拿起手机，然后拨电话。

医生 B　“把自己拔掉，你是专业的”。我没想到堂姐会这样说！我突然觉得很孤独，想起我堂妹。她和我们都不一样，她是家里唯一叛逆的，唯一选择另外一条路的。她离家好久了，到什么尼泊尔、印度去了。听说她回来了……

东北二楼灯亮，堂妹正在开车。堂妹电话响。北的医生A和东北二楼的堂妹两区同时进行。

堂　妹　（边开车边接电话）谁？

医生A　小玉，是我。

堂　妹　小梅？

医生A　你在哪儿？

堂　妹　我在开车。我在台北。

医生A　太棒了！我以为你还在尼泊尔还是什么地方。

堂　妹　对呀！我刚从加德满都回来。你现在在哪里？

医生A　你家。

堂　妹　妈又在表演她的新食谱？

医生A　“普罗旺斯蒜烤羊排”。（堂妹笑）你在做什么？

堂　妹　我？我在往阳明山的路上。

医生A　真的？这么晚了，你要去那边做什么？

堂　妹　唉，你不会有兴趣的。

医生A　没关系，你说。

堂　妹　我回台湾之后，我遇到一些人在谈论自然疗法，这跟我在尼泊尔听到的一些东西很类似，他们说阳明山上有个磁场……唉，很驴[2]，你不会想听的。

医生A　不会啊，你带我去好不好？

堂　妹　你不是在我家吃饭吗？

医生A 你姐想把一个脑神经外科医生跟我凑到一起。他们谈的都是高尔夫球。小玉，我必须跟你说说话。

堂　妹 听起来很严重，我……好吧，我现在正在转弯，我大概……五分钟以后来接你。

医生A 太好了！

堂　妹 你到巷口那家便利商店等我好了，我不想跟他们讲话。

医生A 了解。

堂　妹 还有，拜托一件事。

医生A 什么？

堂　妹 帮我弄一块那个什么……

医生A “普罗旺斯蒜烤羊排”。

堂　妹 对。

医生A 没问题。

医生A和堂妹挂电话。东北二楼灯暗。
堂姐又上。

堂　姐 小梅，你怎么不下来？我们要开饭了。

医生A 堂姐，我……真的需要出去走一走。

北灯光渐暗。

1-4　勇者的心态

东南二楼——阳明山车上

医生 B、堂妹

蝉鸣声。东南二楼灯光渐亮。车子重新出现在二楼。堂妹和医生 B 坐在车上。车上可以看到一个便当盒，堂妹正在啃羊排。

堂　妹　……其实没有什么好难过的，做医生本来就是这样。这不是你一直想要的吗？

医生 B　我都已经不知道我要的是什么了。在尼泊尔，他们都怎么做？

堂　妹　尼泊尔那边医学很落后。

医生 B　我是说，除了医学之外，他们如何……辅助濒临死亡的病人？

停顿。

堂　妹　我想，如果你修行很厉害的话，应该是有很多方法的，但是像我们比较平凡的，大概有两种方法。

医生 B　哪两种方法？

堂　妹　第一种叫作“自他交换”。

医生 B　“自他交换”？

堂　妹　就是你面对一个濒临死亡的病人，然后你用你的脑子，运用你的想象力，想象当你每吸一口气就好像在吸收他的所有病跟痛苦；吐气的时候，想象你在吐给他你自己所有的健康、幸福和快乐。

医生B　干吗？这样对他有什么好处？

堂　妹　我也不知道，但是据说这样病人会比较舒服。

医生B　可是你只是在用你的想象力，又没有给他什么实质上的帮助。

堂　妹　那你又给了他什么实质上的帮助？

医生B　我……

堂　妹　你觉得它是想象力就没有用吗？是可能没有用，但是我也不知道，反正我们就试试看嘛。其实我跟你说，我就有过一次经验：加德满都有很多弃婴就在街头上长大。有一天晚上，我在马路上看到那样一个小孩子躺在那里，状况非常不好，有一群人围着他。天气蛮冷的，有人去叫医生了。他一直在咳嗽，咳的都是血。我在那一刹那间就对自己说，“试试看吧”。我就站在旁边，集中注意力，吸气，想象自己把他身上所有的痛苦和疾病都吸收过来，很可怕，那些病、细菌、虫、血，通通往我身上吸过来。然后吐气，也希望把我的健康、我的幸福、我的欢乐、我爸妈的钱……全部给他。后来我在那里做了一阵子，等到医生一来，我也就回家了。

你说想象力没用？但是那天晚上很奇怪，我突然胃痛得要命，半夜起来吐了好几次，我也没吃什么东西。第二天早上，我好了，出去到马路上打听了一下，才知道那小孩昨天半夜已经死了。

停顿。

可能我真的没有给他什么实质上的帮助，但是我总有一种感觉，我在最后是不是对他有那么一点点的帮助？

停顿。

其实可能我是在安慰自己、催眠自己。别当一回事。现代医学不需要这个。

医生B 不会啊，我觉得这个举动很勇敢，我刚刚听了很感动，我想是我还不敢做呢。

堂　妹 你可以去试试看，反正你们医院病人那么多，是修这个最好的地方。你只要（示范）吸气……（示范）吐气……

蝉鸣声持续。东南二楼灯光渐暗。

1-5　接近五号

南——病房、东南二楼——阳明山车上；东南拱门

清洁工一、医生A、五号A、护士二、陈医生、探病者；医生B、堂妹

南灯光亮。第二天早上。病房中只剩下五号A一张床。五号A在睡觉。清洁工一在清洁房间，清洁工用吸尘器。医生A上，看着五号A，等机会试验“自他交换”。清洁工感觉医生A希望他离开，下。

医生A站在病床床脚的位置，开始准备做深呼吸。

医生A闭着眼睛深呼吸一会儿。

护士二上，医生A睁开眼睛看到她，医生A被打断。

护士二　（对五号A）先生，我们要量体温了。

护士二用耳温枪帮五号A量体温。

医生A　几度？

护士二　38.5。跟昨天差不多。

护士二做例行事务。

医生A　他一直都是这样吗？

护士二　从我调到这里来他就是这样。

医生A　（看着文件）这病例真奇怪，也不是癌症，也不是HIV，就这样一直烧，做过什么检查都不是。怎么会一直烧呢？

护士二　林医生说就是这样，有些病人就是这样子。

护士二下。医生A看着五号A。灯光变化。

东南二楼灯光亮起，医生B和堂妹还在车上。

医生B 又是学校没有教过的。现在越来越多的病人都是因为不知名的发烧而住院，其中百分之七十左右都会找到理由，但是百分之三十，就是永远找不到原因，一直到他们死亡为止。他就是其中一个。

堂 妹 现在世界上越来越多奇怪的病。大概这个世界已经失去平衡了吧。

停顿。

医生B 你知道吗？他发烧已经不是一天两天的事了，已经好几年了。我好想帮助他。我很愿意尝试去吸收他的痛苦，可是，怎么做？我能靠我的想象力吸收他的痛苦吗？我只能想象自己的痛苦多么微不足道。你教我怎么做——“自他交换”。

堂 妹 我也不知道。可能就是要专注吧。

医生B 专注……

南灯光再亮。呼吸的声音。医生A又站回病床床脚的位置，又要开始做“自他交换”的深呼吸。

男性的陈医生上。医生A又被打断。

陈医生 你好，敝姓陈。你是昨天刚到的？

医生A 我在观察他的病情。

陈医生 他很有趣。他的病例只有在科索沃还有一个。我们私底下在讨论，搞不好能靠他弄到什么奖之类的。

停顿。

对了，你试过楼下餐厅没有？

医生A 楼下餐厅？

陈医生 这个月福委会换了一位大厨，伙食改善了不少。

停顿。

好，那有事情的话随时叫我。

医生A 谢谢。

陈医生下。

（自语）好难哦。

医生A又站回病床床脚的位置，继续对五号A进行“自他交换”的深呼吸。五号A有些微的反应。

突然之间，五号A惊醒过来，在床上跳起来，看医生A。

（对五号A）对不起，我把你吵醒了。

五号A 吸尘器。

医生A 啊？

停顿。

我是新来的医生，我姓严，你今天还好吧？

五号A 不好。

医生A 哪里不舒服？

五号A 什么叫“舒服”？

医生A 如果有不舒服的地方你可以跟我说。

五号A 我在睡觉。

五号A背对医生A。停顿。

医生A 如果你需要什么的话，尽管跟我说。

五号A （翻回）那这样好了，请你帮我端一份麻辣火锅来。

医生A 麻辣火锅？先生，我想您的病况不允许吃麻辣火锅。

五号A 我的病况？我的病况是什么？你读了七年医学院，你也不知道。

医生A 先生，我们在尽力。

五号A “小姐”，不要叫我“先生”，叫我“五号”就好了。

医生A 什么？

五号A “五号”。就是“一二三四五”的“五号”。人到最后反正就是一个病床号码。

一号病人的朋友上，手上带着水果。他犹豫一下，不确定是不是走对了地方。

医生A 有什么事吗？

探病者 我在找我的朋友，范正德。

医生A 范正德？

探病者 对。

医生A 你是他的……？

探病者 我是他朋友。

医生A 我需要跟你谈一下。

医生A把探病者拉到一边。五号A仔细地看。

很抱歉，我要告诉你，范正德先生昨天下午因心脏病突发而过世。我们院方尽了最大的努力，但是……

停顿。

探病者 可是我上星期三才来过……我本来昨天要过来的……我……

医生A 事情发生得很突然，我们尽了最大的努力。

探病者 他的家人……

医生A 他过世的时候，太太在身边。

五号A （对探病者）喂，这医生不是很有说服力吧！她昨天一天之内就死了四个！一号、二号、三号、四号，我看这个星期之内还有五号呢！

尴尬的停顿。灯光变化。

东南二楼灯光亮起，医生B和堂妹还在车上。

医生B 如果我做不到呢？

堂　妹 如果你做不到的话，还有第二个方法，那就是听他说故事。

医生B 听他说故事？

堂　妹 一个人在生命末期的处境是很独特的，如果能够让他有机会说自己的故事，然后你在旁边安静地听，等于是给他一个机会无形中整理他一生的一切，可能会从中冒出他自己都想不到的智慧。

医生B 说故事？

堂　妹 你不要以为很容易。人家不一定愿意……

南灯光亮。第三天早上。五号A在一个本子上记东西。医生A上。

医生A 早。

停顿。五号A收起本子。

我这两天在研究你的病历。

五号A 很长。

医生A 我看了一下你的血液检验报告和断层扫描……

五号A 你可以下班了。

医生A 啊？

五号A 你可以下班了。

停顿。

医生A （坚持）我想知道你家人的状况。怎么都没看到你太太？

五号A 我太太离开我了。

医生A不知道怎么接词。

抛弃我了。失踪了。死了！我可以一个人吗？

（摸着痛处，爆发出来）我不舒服！你可以下班了。

医生A 现在才早上八点，我干吗下班？

五号A 我放你下班。

停顿。

医生A 你有写日记的习惯？真好！我很想多知道你的事情……

坐在床上的五号A用被单盖住自己，形成有趣的画面。

你不觉得这样空气很不好吗？你没事吧？

五号A在被单里刻意咳嗽。医生A无奈。灯光变化。

东南二楼灯光亮起，医生B和堂妹还在车上。

医生B 叫病人说故事多奇怪？我是医生耶！哪有医生追着病人要他们说故事？给人家看到了不是很奇怪吗？

堂　妹 那你可能要利用下班时间。

医生B 下班时间？

堂　妹 带个礼物去，就当作是在探一个朋友的病，不要想自己是医生。

医生B 这样好吗？

堂　妹 试试看。

南灯光亮。第三天晚上。五号A在睡觉。

护士二上，把五号A叫醒，拿药给他。

护士二 吃药了！

穿便服的医生A上，手里拿着一个包装好的礼物。

五号A边吃药，边看到医生A。

医生A 还好吧？（护士二下）这是送你的一个笔记本。我知道你喜欢写日记。

五号 A　我的还没写完。

医生 A　没关系，你留着用。

五号 A　“留着用”是有时间的人才会说的话。

停顿。

医生 A　我最近想帮你试一种新的处方，这种处方也许可以改变发烧的周期。

五号 A 没有反应。

灯光转移到东南二楼车上。

堂　妹　不要说一些白天说的话，你要把白天和晚上区隔开来，让气氛变得比较轻松……

灯光转移到南病房。

医生 A　这几天天气变冷了……

灯光转移到东南二楼车上。

堂　妹　不要讲一些很无聊的话题像是天气之类的……

灯光转移到南病房。

医生 A　说说你的故事嘛，我看你一直在写日记，告诉我你的事。你一定有一番特别的遭遇。跟我分享嘛，我愿意听。

五号 A 没有反应。灯光转移到东南二楼车上。

堂　妹　如果你发现你一直在说话，他一句话都不理你，你就输了。那也无所谓，明天请早就是了。

灯光转移到南病房。

医生A　对不起，打扰了。好好睡。祝你有个好梦。明天见。

灯光转移到东南二楼。

堂　妹　……如果你真的可以得到对方的信赖，你可以成为一个重要的管道，在有限的时间里，帮助他发现自己生命的一些真理。

医生B　可是，好难。

灯光转回到南病房。第四天早上。五号A在睡觉。医生A穿医生袍上，看一眼，然后帮他量脉搏。五号A醒来。

五号A　你怎么像个幽魂一样！几点？

医生A　早上八点半。

五号A　你早该下班了。

医生A　你刚刚一定在做梦吧？你做了什么梦？

五号A　我一直以为梦属于私人的领域。

医生A　可是分享梦也是一件很有趣的事啊。

五号A　你都不睡觉吗？你到底想做什么？

灯光转移到东南二楼车上。

堂　妹　他如果先主动问你问题，那就是好的征兆。

灯光转移到南病房。

医生A　没有，我想你好像都没有朋友来看你，大概会想找人说说话。

灯光转移到东南二楼车上。

堂　妹　小心，不要把他塑造成很孤独的样子，病人最讨厌这样子……

灯光转移到南病房。

五号A　我不想说话，如果可以的话，多给我一床棉被。

医生A去拿被子。灯光转移到东南二楼车上。

堂　妹　……如果他对你有任何要求的话，你就要耐心地去执行。

灯光转移到南病房。医生A帮五号A盖好被子。

医生A　这样可以吗？

五号A　还没暖，你可以走了。

灯光转移到东南二楼。

堂　妹　……绝对要有耐性，绝对不可以发飙，如果你发飙，你跟他的关系就完了。这是最重要的一个禁忌，要有耐心，千万不要发飙！

灯光转移到南病房。医生A忍不住，大骂五号A。

医生A　（大骂）五号先生，你很跩哦！我只是想接近你，了解你，结果你他妈的毫无响应！你以为你得了一个全世界都没有人知道的病就很了不起！我操！无聊！

停顿。五号A坐起来。

五号A　你把我吵醒了。

医生A　对！那又怎么样？我牺牲我的睡眠时间来陪你，我仔细研究你的所有档案，我愿意听你说，你就这样子！高贵！自以为了不起！好了！你就这样子孤独下去好了！祝你好好享受你他妈的孤独的生命！

医生A往外走。

五号A 等一下。

医生A停住。长停顿。

你真的想听我的故事？

停顿。

今天下班后过来。带一根蜡烛。

医生A 蜡烛？

五号A 一根蜡烛。希望在蜡烛烧完之前，能讲完我的故事。

医生A （态度转缓和）谢谢。我今天晚上过来。

五号A 我不能保证你听多少。你心里最好有准备，听一个很短、很破碎的故事。

医生A 谢谢。我会到的。

灯光渐暗。

西南楼梯上灯光亮起，医生B站着对观众说话。

医生B 就这样，展开了我个人的“天方夜谭”，只是这个故事能不能到一千零一夜，我不知道。

灯光渐暗。

-第　二　幕-　台北生与死

2-1 “天方夜谭”一 ——游牧夫妻故事

南——病房、环绕；西南楼梯上

五号 A、医生 A、护士二；五号 B、妻子 A；医生 B、乐手

南灯光亮。第四天晚上。医生 A 穿便服上，手里拿着一根蜡烛，五号 A 从床上起身，从矮柜抽屉里取出一个古董烛台，细心地把烛台放到矮柜上，再把蜡烛放上，点上。

以下，医生 B 坐在西南楼梯上看。

医生 A 好漂亮的烛台。是古董吗？

五号 A 差不多。

我先不说自己的故事，我先讲另外一个故事。

护士二进，本来要进行一些例行的事务，但是听到故事，觉得很好听，就停下来了，站在一旁聆听。

故事的过程中，乐手出现在西二楼，安静地演奏。

西藏高原上的夏天很短暂。几天之内，小小的野花就会开满整个草原，将草原染成一片彩色，不久之后，又会凋落、褪色。

在深山里的一个游牧部落中，有一对新婚的夫妻，在结婚第二天下午，手牵着手散步到草原上，眼前景色的绚烂，

让他们沿路觉得人生一切都像个奇迹一样。

五号B、妻子A开始绕场；在以下故事中一直各自以日常速度环绕，好像在街上走路一样。五号B拿着一个公文包，穿着时髦；妻子A头发是棕色的，穿着流行，手上带着移动电话。

走着走着，他们来到一棵大树下休息，牧羊人把头靠在妻子腿上，睡着了，鼻子里充满野花的香味。过了一段时间，他醒了，但是抬头一看，看不到他的妻子。天色已经变了，他站了起来，在远方看到他妻子小小的背影，在地平线越走越远。

牧羊人急忙往妻子的方向追去，一边喊着她的名字，可是跑再快，就是追不上。渐渐地，妻子从他的视线中完全消失。天黑了，牧羊人只好露宿于荒野之中。

第二天，他继续找，沿路大声喊叫。一天又一天，不知道过了多少天，他终于有了回头的念头，却发现已经走太远，不知道自己在哪里了。在这个时候，远远的前方出现两个黑黑的人影。走近一看，是一个女人拖着一个男人的尸体。这个女人的丈夫刚死，她要把尸体拖到天葬场去葬，可是太重，拖得很辛苦。女人问牧羊人可不可以帮忙。于是，他们合力把尸体抬到天葬场，在简单的仪式中葬了女人的丈夫。

天色也暗了，女人请牧羊人在她附近的小屋留下来过夜。

他那一晚就留了下来。一晚，又一晚，又一晚，他们两个自然而然就开始生活在一起，展开一种全新的生活，生了两个小孩。

几年的光影轻快掠过。偶尔，牧羊人会回想，是什么样的遭遇把他带到这个陌生的地方来，让他失去过去的所有？但是在他儿女的笑声中，他感觉到人生一切的美满，心中对过去生活一切的遗憾和疑惑顿时消失。

有一年，到了深秋，牧羊人在山坡放羊，地上已经积雪了，他在盘算这个冬天要往哪儿迁徙，忽然传来急促的脚步声，邻居紧张地跑来告诉他，他儿子突然生了一种奇怪的传染病，情况严重。牧羊人狂奔回家，但是一切已经太晚。在短短一个下午的时间，他的小孩和妻子全都快速染上这个恶疾，先后在他面前死去。

他无助地冲向冷酷的草原，在雪地中迷惑、愤怒，他抬头望天。远方云层暗黑，他悲愤地对天狂吼，天空瞬间爆出火花，天地间雷声震耳……

突然间，牧羊人张开眼睛。夏天野花的香气轻轻拂过他的鼻端。原来，他还在那棵大树下，还是他新婚后第二天下午。他的妻子一直轻拍他的脸颊，说着："时间晚了，我们该回家了……"牧羊人看了他妻子的脸好一会儿，心想：她怎么这么的美？

他们起身，手牵着手，散步回家，展开他们共同的人生旅程。

停顿。五号A吹熄蜡烛。

好了，这就是第一个故事。今天就到此。

医生A和护士二起身。

医生A 谢谢。

护士二 谢谢。

五号A转头发现护士二原来一直在一旁听。

医生A 晚安。

医生A和护士二下。

灯光转移到西南楼梯，医生B对观众说话。

医生B 好美的故事。第二天上班的时候，我一直还在想。我迫不及待地希望赶快下班，晚上能够到他的病房，听他的故事。

灯光渐暗。

2-2 “情欲的轮回”第一回：神秘广场一

南——病房；环绕、西 / 西北——电影院票亭；西南楼梯上

五号 A、医生 A、护士二；五号 B、妻子 A、售票员、电影院队伍；医生 B

南灯光再亮。第五天晚上。五号 A 已经坐起来了，在等待。医生 A 穿便服，又上。五号 A 把蜡烛点上。一直在绕场的五号 B、妻子 A 还在绕。

五号 A 你还要听？

医生 A 当然。

护士二手上拿着一根蜡烛，上。

护士二 可以一起听吗？

停顿。

五号 A 那一根不算哦。

医生 A 和护士二坐在五号 A 的病床上，五号 A 开始说故事。

昨天我说的不是我的故事，那个故事的结尾是一场梦。我今天要说的才是我自己的故事。那是残酷的人生，但这才真正像一场梦。

我是做建筑的。在台湾，这是一个很辛苦的行业，不只是工作量。在学校，我们都学习如何创造各种美丽的空

间形式，但是实际做起来，我们创造的竟然是一些让大家睁一只眼、闭一只眼的功能性盒子。我做得还不错，前些年，有一家公司想挖我，要我到上海去帮他们发展。薪水不错，我正在烦恼要不要去。

喧哗的人群声扬起。西走廊电影院队伍灯亮，有一群人排队买票，慢慢向西北的票口移动，买完票，人群陆续从西北的门出去。

在一个特别忙碌的下午，我溜出办公室，到了附近一家电影院，我也没有特别要看哪一部电影，我就是需要出来走一走，透透气……

已经绕场多时的五号B和妻子A自然地融入买电影票的队伍中，五号B刚好排在妻子A后面。妻子A手上拿着移动电话，一直在说话。

妻子A ……在哪里？你在哪里？……还在绕？我跟你说，停停车场就没错！……

摊　贩 小姐，你的“烧番麦”好了！！要不要辣？

妻子A回头，看声音的方向。

妻子A （对电话）等一下……（对五号B）先生，你帮我看一下位子好不好？

五号B点头。

谢谢。

妻子A下，过不久回来，手上拿着两只烤好的玉米回队伍。

（望着远方，对电话）……我看到你了！我看到你钻进巷子！不可能！这里是哪里？……等一下……（站回原位，对五号 B）谢谢。（对电话）你就停到停车场就对了……什么？……我真搞不懂！一个小时才 20 块！你等一下乱停被拖走了那又是多少钱？停停车场！……那我付，好不好？！我付！……（大声）你这个人是怎么搞的？我叫你停停车场你就给我停停车场！……你在跟我玩什么游戏？……什么叫作你停停车场就算是我赢了？我操你妈的！我才没有这个闲工夫跟你斗！……你停不停？已经轮到我了！等一下……（对票口）两张全票。

售票员 440。

售票员收钱。

妻子 A ……你说什么？你要回家？（售票员给票）我操你妈！去呀！他妈的，你以为全世界只有你一个人能陪我看电影？！

妻子 A 挂电话。她站在票口，让排在后面的五号 B 一时无法买票。售票员向她招手，叫她让开。

停顿。尴尬。妻子 A 转过身来，面对五号 B。

（对五号 B）先生，你要不要看电影？

五号 B 什么？

妻子 A 有一只猪不来了。

停顿。

五号 B 多少钱？

妻子 A　不用钱。

妻子 A 把一张票拿给五号 B。

五号 B　谢谢。

妻子 A　还有……

妻子 A 把一根玉米拿给五号 B。

2-3　回转寿司

北；东——回转寿司餐厅

五号 A、医生 A；五号 B、妻子 A

北灯光亮起。五号 A 坐在一张轮椅上，医生 A 推着轮椅。
在以下的独白中，五号 B 和妻子 A 从他们后面过，穿过北，慢慢地往东移动。

五号 A　就这样，我就看了一场免费的电影，吃了一根免费的烧番麦。那天电影院爆满，看的是《第六感生死恋》。电影结束时，她哭得一把鼻涕一把眼泪的，我就把我的手帕借给她。我们一起慢慢地顺着楼梯下楼挤进人群，走了出来。我问她要不要一起去吃一点东西。我们就在附近找餐馆。不知道怎么搞的，好像所有人都出来消费，我们好不容易找到了两个可以并坐的位子……

餐厅的喧哗声。东灯亮。五号 B 跟妻子 A 坐在两张高脚椅上，手上拿筷子。没有其他布景道具，由演员操作表现餐厅的风貌。两人模拟挑选前方的回转寿司。妻子 A 一直看着五号 B。

五号 B　这家你有没有来过？

妻子 A　没有。

五号 B 反正上面都是寿司，有鲑鱼、鲔鱼、青花，东西到你面前你就拿下来吃，有的东西它上面没有，你要另外点。来……

妻子 A 好久没有人跟我这样说话。

五号 B 啊？（停顿）要不要？（模拟拿一些寿司给妻子 A）

妻子 A 的移动电话响起。尴尬。

……要不要……？

妻子 A 不要管他。

电话停。

五号 B 没有问题吧？

妻子 A 我说不要管他就是不要管他。

五号 B 他是……你老公？

妻子 A 他是一只猪。

妻子 A 的呼叫器响起。妻子 A 把呼叫器关掉。

五号 B 没关系，如果你觉得要跟他打电话的话，我可以……

妻子 A 我们不要谈那只猪了，好不好？

沉默。

爱情可以超越生死，真的好感动。

五号 B 超越生死……

妻子 A 就是不可能才会让所有人哭得一把鼻涕一把眼泪的。

五号 B 这……

妻子 A 这种电影里面从来就看不到人与人之间彼此的厮杀与虐

待。那样才真实：把对方折磨到半死，然后等他报复。

沉默。

五号 B 你今天心情真不错。来，吃寿司！

五号 B 帮妻子 A 拿一盘寿司，妻子 A 沉入自己的情绪中，模拟用大量的芥末调出她的蘸酱。

你在干什么？

妻子 A 没什么。

五号 B 没什么？没有人调那么多哇沙米。

妻子 A 就是要够呛！（指）敢不敢？

五号 B 谁怕谁？

两人一起把寿司蘸满芥末，一口吃下去。

停顿。两人同时大呛。

五号 B、妻子 A （同时）哇——！！

五号 B 被你害惨了！

妻子 A 过瘾！

五号 B （转头对假想的侍者）两杯生啤！

两人收拾情绪。

妻子 A 好奇怪，我觉得好多事情在变，跟季节一样。

五号 B 你是说你的生活里？

妻子 A 对。

五号 B 我也是。

妻子A 怎么样？

五号B 没什么。我是做建筑的，现在有另外一家公司要挖我，要我去上海帮他们发展，薪水不错。

妻子A 那你干吗不去？

五号B 可是我又觉得现在这个公司对我不错。你觉得我应该怎样？

妻子A 我觉得啊？你这人道德感很强。

五号B 什么道德感？我要跳槽，有什么道德感？啊，不要谈我了，你在做什么？你的职业是不是每天看电影，跟猪吵架？

妻子A 差不多。

五号B 真的吗？薪水多少？介绍一下。

妻子A 没有啦！我做的事其实很无聊，就是找几个长得漂亮的ABC[3]啊，有潜力变偶像的外来小孩还有日本青少年歌手来台湾唱唱歌啊。

五号B 上个礼拜那个什么“外星人”合唱团的演唱会……

妻子A 你觉得还好吗？

五号B 你做的？不错啊！新闻蛮大的。

妻子A 反正现在只要是外来的文化，他们都喜欢，现在要再做出一个“小虎队”已经不可能了。

五号B 那当“外星人”的经纪，头发就要像外星人那样子啰？

妻子A （指自己头发）这不是染的。

五号B 晒黄的？

妻子A摇头。

你是不是有外国血统？

妻子A 像吗？

五号B 你眼睛好大粒。对不对？有没有？

妻子A 有一点啦。

五号B 多少？

妻子A 一半。（停顿）听说啦。听说我爸是法国人。

五号B 怎么会“听说”呢？你不认识你爸？

妻子A 我从小就没见过我爸，我妈在还没生下我的时候我爸爸就溜掉了。

五号B 怎么回事？

妻子A 怎么回事？我妈啊……还不就是那些彼此厮杀、虐待、背叛、报复之类的事，要不然我怎么会……

五号B 法国人？

妻子A 那是我妈说的，可是我看法国的东西没什么感觉啊，也不会想去寻根什么的。说实话，如果有一天我爸爸真的找到我，譬如说他就在这个门口说要跟我见面，我想我可能不敢去见他。

五号B 为什么？

妻子A 我会怕。

五号B 怕什么？

妻子A 我不知道。那一直是我很痛的东西，我不知道我有没有能力面对。

五号B 试试看。

妻子A 怎么试？

五号B 眼睛闭起来。

妻子A转头。五号B转身，面对妻子A。

（扮演想象中的“父亲”，声音刻意衰老）女儿啊！回头看爸爸一眼吧！爸爸对你有很多亏欠，原谅爸爸，我也是很想念你的啊！好孩子！爸爸买了一个好漂亮的洋娃娃来看你了！

停顿。妻子A趴下。许久不动。

五号B觉得不对，发现妻子A在哭泣，赶快走回座位，安慰妻子A，递卫生纸给她。

2-4　妻子的梦

南区纱幕后；环绕——街景；西二楼——梦幻餐厅；东北——梦幻诊所

妻子 B；妻子 A、梦中行人、敌人、梦幻医生

南灯光亮起。妻子B出现在南区右舞台纱幕后。在她独白的过程中，她慢慢走向南左舞台。同时，东餐厅灯光渐暗，妻子A从寿司店走出来，在东南停顿片刻，走向南，与妻子B同步越过南区。她们两个是同一人，但两人眼睛没有共同焦点。

妻子 B　有一个梦一直在我生命中重复出现，每次出现的时候好像有什么重大的转变要发生。第一次做这个梦，我十六岁，正要离家去上高中，我妈妈把我拉到一边，说出她所知道的一点点，关于我父亲。看电影的那天晚上又做了一次。那天之前，我一直在一个长期彼此虐待的恶性关系中翻滚。那天似乎感觉到了，脱离这个关系的最佳出口也是一种最佳的报复。

这是很怪的一场梦，不知道为什么，我得了一种怪病，是一种绝症，是我最大的敌人给我的。

环绕灯光起。行人进入表演区，缓慢随着顺时针方向绕着观众。妻子A跟进，在所有行人之中，只有她的动作是“正常”速度。她穿

梭在梦幻般行动缓慢的人群中。

这个天敌，也不知道是谁，根本不认识，也不知道他怎么能够把病给我。在梦中，我的医生跟我说我只剩几个月可以活。我非常沮丧，为什么这么一个陌生人可以毁灭我的生命？我孤独地走上台北街头，毫无目标，所有行人都缓慢地走着，像是在梦游一样。

（对行人喊）对不起，可不可以跟我说话？

妻子A （同样对行人喊）对不起，可不可以跟我说话？

行人都面无表情，没有反应地继续前进，妻子A继续穿梭其间。

妻子B 我病了。

妻子A 我病了！

妻子B 有个男人，他害了我。

妻子A 有个男人，他害了我！

妻子B 你能帮助我吗？

妻子A 你能帮助我吗？

妻子B 拜托，请你帮助我。

妻子A 拜托，请你帮助我！（对其中一个行人说话）喂，对不起，我病了。你要去哪里？你知不知道你要去哪里？你知不知道我要去哪里？可不可以跟我说话？可不可以跟我说话？……

妻子B 没有用，他们帮不了我。我累了、饿了，在马路的北边我看到一家餐馆，我平常就喜欢在那里吃饭。我从楼下入口进去，里面什么人都没有，连服务生也没有，我上了长长的楼梯到二楼，那也是我平常习惯坐的位子。

环绕区的灯光渐暗，行人渐离去。妻子 A 上西二楼；西北二楼坐着一位男士，静静地在吃饭。他的脸不清楚。妻子 A 慢慢接近他。

二楼也是空的，除了窗边的桌子有一个人正在那儿吃饭。仔细一看，他就是我的敌人。我站在那边看着他，心想，好奇怪，我们还是又碰头了，真巧。在这个时候，他似乎感觉到有人正在看他，注意力从他的菜上转移，渐渐抬头看我，我平静地看着他，他一时也没认出我。突然之间，他的表情从正常转成恐慌，他的眼睛突然睁大，惨叫一声、往后一蹬，摔到窗外，跌到马路上。

随着叙述，男士（敌人）抬头看妻子 A。暴力的碎玻璃和撞击声。男士大喊一声，灯突然暗。

敌　人　（大叫）啊——！！

西北灯光乍亮。一群路人围观，妻子 A 从楼上冲下来，站到人群旁。

妻子 B　我冲到楼下马路上，我听到他血液流动的声音，看到生命离开他的身体。

妻子 A　（在尸体边）发生了什么事？你到底是谁？

以下妻子 A 穿过人群，穿过北，走向东北。

妻子 B　就这样，他死了，照理说我应该感到一种满足，我报仇了，但是我完全没有这种感觉。我走开了，发现马路上已经没有人了，医生的诊所就在附近，我想我应该去看他。

东北灯光起。梦幻医生在东北诊所办公桌面前坐着，安静办公。妻子A进入办公室，坐下，梦幻医生不看她。

妻子A （对梦幻医生）医生，刚刚发生了一件很怪的事，一个男人……他……他从窗户中摔出来。他……他死了。他就是害我生病的那个人。他就是……医生，我……你可不可以告诉我，你知不知道，我还有多少时间可以活？

停顿。医生抬头。

梦幻医生 你啊？……请张嘴。

梦幻医生做检查。

你已经死了两个星期了。

梦幻医生拿出一个玩具娃娃给妻子A。

这个拿去，你可能会需要。下一位。

妻子B 每一次到了这里，我就会惊醒过来。

妻子A慢慢起身，手上抱着娃娃，缓缓走向东。东北灯光渐暗。

2-5　丧子

东南；东——卧房；西南——医学院办公室

五号 A、医生 A；妻子 A、五号 B；医学院代表

东和东南灯光亮起。五号 A 跟医生 A 在东南。
五号 B 坐在东家居沙发上。在以下的过程中，妻子 A 抱着梦幻医生给她的娃娃走过来，五号 B 起身迎接，夫妻两人抱着孩子，温暖而幸福的景象。

五号 A　从那一天开始，我们就在一起，然后我们结婚了。我想我们的生活就跟很多都会夫妻一样，有高潮，有低潮，但那一切在儿子诞生的那一天改变了。我们给他取的名字叫“和平”。有了孩子，人生就不一样，有一种新的期待，一种新的联结。

但是和平不对劲，他的脖子立不起来。头两个月，我们都觉得没有什么问题，大家都说这很正常，婴儿都是这样的。但是过了三个月，我们觉得不对劲，就带着和平去看医生，医生发现他得了一种很稀有的病，让他整个骨骼结构没有办法正常发展。没有治疗的方法。我们听说在美国有一家医学院正在做研究发展。他们需要三个

罹患这种疾病的婴儿来做实验。我们通过这一家医学院在台湾的代表提出申请……

五号B和妻子A抱着婴儿，从东南走过五号A和医生B面前。西南灯光渐亮，长得跟梦幻医生一模一样的医学院代表坐在西南一样的办公桌面前办公。五号B和妻子A抱着婴儿到他面前，妻子A坐下，五号B站着。

医学院代表 美国方面委员会已经从一百多位申请者里面审慎地筛选了三位婴儿。我们非常感谢两位对我们实验计划的热诚，但是很抱歉。

停顿。

妻子A 可是这是我们的儿子……

医学院代表 很抱歉。

妻子A （急）不可能！……

五号B 医生，请你替我们想想办法！

医学院代表 这是委员会的最后决定。

五号B 钱不是问题，我们怎么样都愿意！

医学院代表 请你们体谅……

五号B 拜托，医生……

妻子A 拜托，拜托……

医学院代表 真的很抱歉。你们也知道，这个计划本来就在早期的实验阶段，就算你们入选了，也不可能保证效果……

妻子A　骗人！

五号B　是不是可以重新申请一次，通融一下……

医学院代表　真的抱歉。对大药厂来讲，这种类型的研究发展看不到近期利润的。就算发展成功，也没有市场。所以他们现在这实验……

妻子A　（愤怒地）你是人吗？你有没有感觉？这是我儿子！我儿子！我就只有这么一个儿子！

医学院代表　对不起，我个人非常同情你们的遭遇，但是我只能建议你们去寻找其他的治疗方法。

死亡的音乐起。灯光变化。妻子A缓缓起身，把婴儿放在桌上，离开，五号B和妻子A互相拥抱。

2-6　恶化

西、环绕；东——卧房

五号A、医生A；妻子A、五号B

医生A推着五号A的轮椅从西逐渐向北走。五号B和妻子A穿过他们，五号B往东，妻子A从东北下。

五号A　和平走了之后，我们之间对话变得很少。我们各自投入工作，很少在家，好像在比谁晚回家一样。过了半年左右，我就开始生病，一开始以为只是感冒，但是很奇怪，就是不会好。我一直会发烧，没有体力。无形中，我变成她的负担，无名的病情也造成我们生活中很大的张力。这种难受的日子又过了半年，我在半夜开始接到一些不出声的奇怪电话……

电话铃声。东灯光渐亮。五号B和妻子A的家中。五号B坐在沙发上，手上拿着水杯，听到电话声，看表，把电话接起来。

五号B　（对电话）喂……喂……说话……喂……找哪位？……

沉默。

……我听到你的呼吸声。这样很好玩喔。电话费算你的……没关系，我时间多，我也不困，我跟你拼了！……

妻子 A 从外上，穿过卧房，到厕所，偶尔看着电话旁的五号 B。

……我老婆刚回来……她现在洗手……没什么不方便……她出来了。你要不要跟她说话？……这么见外！……好，今天陪你玩到这里。晚安。

五号 B 挂电话。沉默。

这么晚回来？

妻子 A 在跟人家谈一点事。

沉默。

谁啊？

五号 B 不知道。

妻子 A 不知道？那你跟他讲什么？

五号 B 最近半夜常有这种怪电话。

妻子 A 无聊透了。

电话又响。

五号 B 换你接。

妻子 A 我接干吗？

五号 B 搞不好是你的。

妻子 A 怎么会？

五号 B 神秘恋人啊！

停顿。六声之后电话自动停。

你应该接。

妻子A 为什么？

五号B 因为是你的。

停顿。电话又开始响。

每一次他打来，不久之后，你就会回来。我想他有话还没跟你说完。

五号B起身，拿起电话，送到妻子A面前。妻子A拒绝。

你接。

妻子A 干吗？又不是我的。

妻子A走到厕所空间，五号B拿着电话，追在后。

五号B 接！

妻子A干脆大方地把电话接起来。

妻子A 喂……

五号B回到床上，躺下来睡觉。

（小声对电话）……现在已经很晚了，明天再说。

五号B抬头看，妻子A拿着电话，慢慢走进卧房。妻子A坐在沙发上他旁边。

有一件事我一直没跟你说，可是我觉得现在应该让你知道。你记得我们认识的那一天，你还记得那只猪吗？

停顿。

她是个女的。

停顿。五号B没有反应。

我知道现在讲这些都不重要，可是，我觉得我应该要告诉你。

灯光渐暗。

2-7　神秘广场二

南区纱幕后；西 / 西北——电影院票亭、环绕——街景

妻子 B；妻子 A、五号 B、电影院售票员、电影院队伍

南灯光亮起。妻子 B 又出现在南区右舞台纱幕后。在她独白的过程中，她慢慢走向南左舞台。同时，妻子 A 与五号 B 从东卧房走出来，慢慢走向南，与妻子 B 同步越过南区。

妻子 B　那天晚上，我又做了那个在我生命中不断重复的梦。我醒来，不知道有什么要发生了。清晨，我抱住熟睡的他，哭。我觉得自己好弱。我的弱，害了他。

我努力抓回一些感觉，毕竟他是我儿子的爸。但是，我儿子死了……

喧哗的人群声再度扬起。西走廊电影院队伍灯亮，有一群人排队买票，慢慢向西北的票口移动。买完票，他们不出去，反而开始以慢动作绕场。

五号 B 和妻子 A 从南走入西的队伍中，所有位置和前次电影院场景一模一样，造成一种平凡但超现实的感觉。

我努力抓回一些感觉，我们彼此承诺要多花时间在一起，多沟通。有一天，我们约好去看电影。我们已经好久没有一起去看电影了。进到买票的队伍时，我突然发现，

那就是当初我们相遇的地方！我突然觉得，自己好像在一场大梦中，我好想醒来，好想醒来……

妻子A有如在梦中，惶惑地东张西望。移动电话响声。

妻子A 你的还是我的？

摊　贩 小姐，你的“烧番麦”好了！！要不要辣？

妻子回头，看声音的方向，然后接电话。

妻子A （对电话）喂？……（突然大声而愤怒）你可不可以不要再打了？……

摊　贩 小姐，你的“烧番麦”好了！！要不要辣？

妻子A冲下。

五号B 赶快回来。

队伍越来越短。五号B一直回头，但妻子A一直没回。
队伍到了五号B。

（对售票员）两张全票。

售票员 500。

五号B买完票，冲往摊贩的方向。

五号B （对摊贩）老板！刚刚跟你买“烧番麦”的小姐呢？她刚刚才过来跟你买两只“烧番麦”……

五号B发现妻子A不见了，开始绕场，到处寻找，频频询问正在绕场的行人，但路人反应一致地木讷地持续缓慢向前走。所有人中，只有五号B的速度“正常”。

（对其中一位行人）……对不起，请问有没有看到我太太？……（对另一位）不好意思！有没有看到我太太？……对不起！有没有人看到一个拿了两只“烧番麦”的小姐？她头发黄黄的，她很漂亮，眼睛很大，她拿了两只“烧番麦”……（对另一位）不好意思！有没有看到我太太？她是混血儿，她没见过她爸爸。我们的孩子死了，她很难过……我身体很不舒服……有没有人看到我太太？她买了两只“烧番麦”……

环绕区，行人渐渐疏散，留着五号B一人失魂落魄地绕场。

2-8 罗生门

东二楼；东北——警察局

五号A、医生A；警员、警官、五号B

东二楼灯光渐亮。医生A跟五号A出现在东二楼。

五号A 她就这么不见了。我起先担心她会不会被人绑架，可是我也没接到任何的电话。我到处找，到处问。我每天跑警察局，都没有消息。

东北灯光渐亮。警察局。五号B面对一位警员和一位长官。

警　员 先生，你不需要每天这样来，这几天下来你也蛮累了，你要不要回家休息一下？

五号B 你们到底有没有在找？

警　员 先生，真的，如果有什么状况，我们会通知你的。

警　官 先生，我们已经把你太太的数据输入失踪人口的档案，也跟社会局报备过了……

五号B 输入档案有什么用？

警　官 输入档案，才能开始帮你找。

五号B 拿什么去找？

警　官 先生，坦白说……我们每天看这么多类似的案子，这其实是你们夫妻之间的问题，我们也无能为力。

五号B　你在说什么?!

警　员　先生，我们基层警员的能力也很有限，我们每天追小偷抓强盗的，甚至弄丢什么小猫小狗的也要我们……

五号B　（激动）你讲什么东西啊你?

警　员　先生，请你小声一点，看清楚你在哪里，我不希望你做出任何让自己后悔的事。

五号B　你是在威胁我吗?

警　员　是。

警　官　好了，回家吧。她说不定已经在家里等你了。

警　员　你打回娘家问问看嘛。

灯光渐暗。

2-9 看诊

东二楼；南——三个诊所；西南——第四诊所

五号A、医生A；五号B；一号医生、二号医生、三号医生、四号医生

五号A和医生A在东二楼。五号B在他们正下方，坐在公园板凳上。

五号A 接下来那一段日子里，我几乎每一天都在找我太太。那是一种很荒谬的感觉，走在台北的任何地方，总以为会看到她。我心底终于觉得答案可能非常简单：她就是需要离开。不见得是离开我，就是需要离开。我的病况变得更严重。那个走不掉的感冒变成一个持续性的发烧，常常呕吐，有一次往公司的路上我还昏倒。同事叫我一定要住院好好检查。我做了，查不出来。又有朋友推荐另外一家医院，我也做了，也查不出来。他们都叫我回家，说这种发烧的现象应该在一两个星期之内会自己走掉。但是没有。那一段日子，我几乎每天都在跑不同的医院……

五号B到南。南灯光亮起，一排医生坐在那里，面朝东。最后一个在西南。五号B面对第一个，站在他面前。

一号医生 （看着检查报告）……我们已经排除所有滤过性病毒的可能性。基本上你的血液、白细胞、血小板、尿酸、血糖都

没有问题。

五号 B 我知道。

一号医生 这半年有没有什么危险的性行为?

五号 B 我太太离开我了。

一号医生 我没有要知道你太太是不是离开你了，我是问你有没有危险性行为?

停顿。

这样好了，我帮你安排再住院，这次三天就好，再帮你做更仔细的检查。

五号 B 检查什么?不是都已经检查过了吗?

一号医生 先生，说真的，你的 case 很奇怪。所以请你住院，我们要确切地排除脑炎、淋病、梅毒、伤寒、鼻咽癌……

一号医生在报告上写字，五号 B 走到二号医生面前。以下过程中，一号医生把自己的办公椅搬走，往右舞台下。

二号医生 （顺接）……鼻咽癌、伤寒、梅毒、淋病、脑炎……我们透过细部检查排除了这些可能。不过，我们现在已经可以确定一件事，就是你每个礼拜上升的体温在正负零点五的幅度之内。请你再住院一个礼拜，让我们做一些更进一步的检查。

五号 B 还要再住一个礼拜干吗?

二号医生 因为如果这一切你都没有的话，你就，你就……

五号 B　我就怎么样？

五号 B 起身，走到三号医生面前。以下过程中，二号医生把自己的办公椅搬走，往右舞台下。

三号医生　因为这一切你都没有，我们必须把你放在一个特别的类型里面。

五号 B　什么样的类型？

三号医生　在无法诊断的发烧类型之中，终究有百分之七十的病患会被诊断出来，全世界的病例之中，这些到后来多数都属于滤过性病毒感染或者某一种癌症。

五号 B　这我都知道。

三号医生　剩下的百分之三十，就算今日医学那么发达，终究还是诊断不出来，我们也不知道怎么说。

五号 B　你到底在跟我说什么？可不可以请你说大白话？我听了那么多不同的医生，为什么没有人跟我说实话？

五号 B 走到西南四号医生面前。以下过程中，三号医生把自己的办公桌搬走，往右舞台下，留下西南四号医生办公桌。

四号医生　……因为你是属于剩下诊断不出来的百分之三十那一类型，我建议你还是先住院。

五号 B　医生，我不可能再继续跟公司请假了。

四号医生　呃……先生，你可能没有听懂我的意思。

五号 B　求求你说清楚，到底是什么意思？

停顿。四号医生看着五号B。

四号医生 请镇定。我老实告诉你好了。你已经转了这么多次不同的医院，听过那么多不同的意见，我老实告诉你为什么大家的意见都不同，那就是虽然我们找不出病因，但是你这种病例到目前为止……是没有办法对付的。

停顿。

全世界同样的病例，到最后也都找不到病因。

五号B 什么意思，“到最后”？

四号医生 你可能要做最坏的打算。

停顿。

五号B 医生，谢谢你跟我说实话。你再跟我说，接下来会怎么样？

四号医生 照其他的病例来看，你这个烧可能就不会退。在十九世纪的欧洲，感冒就可以致死，而他们把感冒叫作“consumption”，就是“耗”的意思。持续的发烧就会把你“消耗”掉。耗到最后，肌肉功能也耗尽了，免疫系统也耗尽了，你就……我想，可能我只能这样解释。你最好住院，这样，你可以得到比较好的照顾，也比较不容易染上其他的感染。

五号B 那我……我大概还有多久？

四号医生 （翻数据）谁都不敢讲，如果病例统计数字有意义的话，快则两个月，最慢也就是两年吧。

停顿。

五号 B　医生，谢谢你。我终于听到一种比较实在的说法。

四号医生　抱歉。

五号 B 起身，与四号医生握手，缓慢离去。

2-10 旅行

南；环绕；东二楼 / 西二楼——旅行社；南——机场大厅

五号 A、医生 A、护士二；五号 B、旅行社员工、旅客、乐手

南灯光渐亮。五号 A 又回到他自己的病房里，医生 A 和护士二在他病床旁听他说故事。

五号 A 我想要旅行，在有限的生命里尽量去感受这世界的一切。

东二楼、西二楼灯光渐亮。旅行社员工分布在东、西两边，有的对着电话说话。他们的话会重叠，形成一种持续的声音。乐手开始演奏，渐渐地，一些带着行李的旅客上，跟着环绕。他们停顿在南，看着上方假想的机场指示板。

旅行社员工一 ……先生，听您的口气就是想休息一下。没问题，我们现在有特惠价，泰国六日游一万两千八，包括曼谷、清迈、普吉岛……不过如果您想要久一点也可以，我们有一个特别泰国普吉之旅八日游一万三千八，你也可以自己延长时间，海滩上的饭店或者比较原始的外岛也有五星级饭店，我们也提供包船的旅客服务……

旅行社员工二 ……先生，我们的苏杭京沪八日游一万九千九，黄山杭州八日游两万两千九，上海六日游一万七千九……什

么？可以，我们可以帮你安排西安、敦煌、长江三峡……你说你想去云南？丽江？大理？西双版纳？都可以订，只是你会划不来哦，我还是建议你走我们的苏杭京沪，口碑很好，每周一三五出团……

旅行社员工三　……基本上，您如果想去尼泊尔比较特别的地方，我们公司建议尼泊尔古都深度之旅十一天，一般人想看的景点应有尽有，包括加德满都、巴丹古城，但是我们最特别的是在十一天的行程中还安排了三天二夜 trekking（徒步旅行），山中健行，海拔四千公尺[4]以上，比拉萨还高，连交通工具都到不了，先生，我们建议您去锻炼锻炼体力，不用担心，雪巴族会帮您扛行李，还会帮您搭帐篷，早上中午下午帮您煮奶茶，先生您比较看看……

旅行社员工四　……是的，先生，我们公司专办欧洲旅游，最近推出的特惠专案德卢法比荷九日游，特价两万五千八，这包含一晚住在著名的法国罗亚尔河边的城堡中，这是我们老板特别安排的……啊？您想久一点，是不是？你想偏重文化方面？没问题！我们有一个特别的英法十四日美术馆之旅，而且有特别学美术的导游来带，所以这个你可以带你全家，包括小孩一起来接受一点文化的熏陶……

旅行社员工五　……现在纽约来回，如果你走 UA[5]，Y Class[6] 大概是三万四，C Class[7] 的话要六万五。但是如果你走 UA 就没办法用AA[8]的coupon(优惠券),这就有点可惜。其实,先生,既然你想去那么多地方,我建议你干脆买一个"Round-the-world"(环球旅行套票),现在CX、LH[9]、UA联合起来推出一年限期的"Round-the-world"……对!你只要顺着一个方向走,不回头,停多少景点都可以,对,很方便,就是不能回头,现在不错喔,现在Y Class只要八万三,C Class的话……我看一下,大概十四万二多,实在很划得来……

音乐起。随着旅行社员工声音渐小,东西二楼灯光渐暗。

五号B在南定位,站在五号A和医生A前面。其他旅客站在他旁边。

巨大的飞机起飞声。

护士二吹蜡烛。

灯光渐暗。

第一次中场休息

- 第　三　幕 -　寻找生命线索

3-1　环游世界

北；环绕；南——巴黎小餐厅；东北

五号A、医生A、护士二；五号B、旅客；江红A、餐厅老板、老客人

中场休息后，观众入席时，五号B和一群旅客散坐在东北附近，像是在机场等待误点的班机。
一个人的呼吸声遍布全场。病床已经移到北，五号A躺在病床上睡觉。
医生A穿着便服，站在床头，静静地做“自他交换”的深呼吸。
护士二上，穿过东北的旅客，去摸五号A的头。

护士二　好烫。

医生A细心地帮五号A擦汗。五号A突然惊醒。呼吸声停。

五号A　几点钟？

医生A　没有关系，继续睡吧。

五号A　（努力爬起来）没有时间，没有时间。

医生A　今天不要讲了，你需要休息。

五号A　（奋力地坐起来）我不需要休息。我需要……说话。我需要把话……说完。说到哪里了？

医生A　说到旅行。

五号A　旅行。

模糊的广播声播出班机信息。五号B听到机场广播后，从东北起身，

旅客跟随着他，环绕到西北，渐渐散去。五号B一个人继续环绕，穿过北。

我开始旅行。买了一张环游世界的机票，只要航空公司飞的地方你就可以去，停多少站都没有关系，只要你顺着一个方向不回头都可以。那是一种享受。远离自己的家，谁也不认识，不需要跟人讲话。我从台北出发，到香港，进大陆，沿着丝路走，后来转到尼泊尔，再到印度，慢慢地，从中东转到欧洲，土耳其、希腊、意大利，我虽然身体不好，还是故意绕到巴尔干半岛，想看看人类在战争的状态里面是什么样子。因为我觉得自己体内像是某一种战争中的受害者。问题是，是什么战争？

医生A （自言）科索沃……

五号A 什么？

医生A 没有。

五号A 科索沃没去成。我去的时候，他们不让外人进去。

南灯光渐亮。巴黎一家小餐厅，已经快要打烊了，剩下一桌客人还在吃饭，一位女侍者在擦窗户，餐厅老板在柜台算账。五号B走累了，在门口徘徊，然后走进去，坐下。

没有人理他，他看着窗外。

前年秋天，我到了法国。第一次看到树叶全部一起变色，让我更意识到时间就这么过去着。十月底了，天开始冷了，我在巴黎找到一家小旅馆，远离观光客聚集的区域，有体力就出去看看，没有体力就在房间睡觉。有一天晚上，我睡了一天，起来已经蛮晚了，旅馆附近没什么东西可以吃，我就用破碎的英文和柜台人员交谈，想问问附近有没有餐馆还开着。他们告诉我，说这附近有家叫“诺曼底小屋”的餐厅，或许可以去试试看。我就去了那一家餐馆。在那里，我坐了好久都没有人理我。服务生是东方人。“她是中国人”，我对自己说，因为我怎么看都是……

3–2 巴黎餐馆

南——巴黎小餐厅；西南

五号 B、江红 A、餐厅老板、老客人；江红 B

南，五号 B 向女侍者（江红 A）招手，女侍者终于过来。

江红 A （法文）晚安，欢迎光临“诺曼底小屋”。（Bon soir, bienvenu à la maison de Normandie.）

五号 B 对不起，你会说中文吗？

停顿。

江红 A （法文）你想喝什么？要不要来一杯红酒？（Qu'est-ce que vous voulez boir? Un verre de vin rouge?）

五号 B 对不起，我不会说法文。你会说中文吗？英文也可以。

江红 A （法文）我们也有一种特别的红酒。（Nous avons également un vin rouge bien particulier.）

五号 B 你不是中国人吗？

江红 A 装作听不懂。

江红 A （法文）先生，你想要单点还是点我们的“今日特餐”？（Monsieur, voulez-vous choisir un plat à la carte, si non, le plat du jour?）（五号 B 听不懂）“今日特餐”。（Plat du jour.）“今

日特餐”……

五号B “今日特餐”？那是什么？

江红A （法文）你看，有一个前菜，然后在四种口味的可丽饼中让你挑选一种，餐后会附上咖啡或茶。（Vous voyez, vous avez une entrée, puis, choisir une crêpe. Vous avez quatres parfums differents:jambon fromage, complete, ratatouille, et saumon. A la fin, un café ou un thé.）

五号B “咖啡”。我听懂了。起码听懂了一个字。（比手画脚）你刚刚说什么我都听不懂。我肚子饿。

江红A （装作不懂，法文）什么？（Pardon?）

五号B 你真的不会说中文？你从哪里来？大陆？台湾？

江红A （法文）什么？（Quoi?）

五号B （比手画脚）你从哪里来？大陆？越南？

江红A （表示听不懂，法文）对不起。（Désolée.）

五号B 这个……（指菜单）你真的不会说中文吗？

江红A （自作主张，法文）你要“今日特餐”？要哪一种口味？（Vous voulez prendre le plat du jour? Quel Parfum?）

五号B 什么？

江红A （法文）火腿奶酪好不好？好。（Alors, Jambon fromage? D'accord.）

五号B 什么？

江红 A 收菜单，转头就走。

西南灯光渐亮。与江红 A 饰演同一人的江红 B 对观众说话。

江红 B 今天餐厅没什么客人，本来以为可以提早下班。我缩着头正在收拾别桌的餐具，看见窗户边坐着一个东方面孔的男人。他的脸贴在玻璃窗上，月亮透过窗户，照在他脸上。玻璃窗上是“今日特餐”的菜色。我从来没有看过一个人这么认真地在看“今日特餐”这几个字。

在以下的叙述中，江红 A 拿餐具给五号 B，然后又到后面去收桌子。

我很久没有说中文了。长期以来，我已经不跟巴黎的中国圈子有任何来往。照惯例，碰到亚洲客人，我假装不懂中文。为什么？很难解释。想让生活单纯一点吧。

江红 A 上主餐给老客人，拿色拉给五号 B。

我的名字叫江红，我不存在。北京没有我，巴黎也从来没有过我。八年前，我跟我最爱的人一起离开中国。“离开”是好听的，正确的说法是“偷渡”。我们的路途遥远，最后他没有到。所有人都没到，不知道为什么只有我到。来到巴黎之后，我起先投靠了一些不熟悉的中国人，不久之后，我没有办法适应。我开始反感我在巴黎看到的所有中国人，不管是观光客还是留学生，或者像我一样的偷渡客。我脱离了中国圈子，开始在一些很小的法国餐馆打工，那种老板不在乎员工有没有身份的小餐馆。

大概我不太想去想中国，或者北京，或者那一次的旅程。我甚至都不太想去想巴黎。我就是想隔离自己，在都市里面做一个隐士。

餐馆中，五号B望着色拉许久，决定不吃了，站起来，拿钱出来，放在桌上，然后出去。

江红A正要端主菜上，老板娘发现五号B已经走了。

餐厅老板 （法文）你的客人走了。

江红A迷惑地看着门的方向，再看桌上的钱。灯光渐暗。

焦点回到西南，江红B继续对观众说话。

江红B 他就这么走了，桌上留了很多小费。在餐馆打工打久了，这种事就不会多花脑筋去想。就把钱收起来吧，把餐打包回家自己吃。

话是这么说。那几天，我还经常想起这个客人。想不到，过了一个星期，我又意外地碰到他……

灯光渐暗。

3–3　洗衣店

西——洗衣店

五号B、江红A

国语流行音乐和洗衣店的声音。西灯光亮起，一家自动洗衣店。江红A头上戴着一副耳机，坐在洗衣机面前，正在听王菲的音乐，手里拿着一本琼瑶的小说。她一边看书，一边摇晃，跟着歌曲大声歌唱。五号B从外上，手里捧着一个洗衣篮。他正准备洗衣服，突然听到江红A耳机里窜出来的音乐，再看到江红A以及她所看的琼瑶小说。五号B走到江红A面前，大声地对着她说话。

五号B　这本书不错!

江红A　（法文）什么?（Quoi?）

五号B　你听的音乐也不错!

江红A　（法文）你在讲什么?（Qu'est ce que vous dite?）

五号B　王菲配琼瑶!

江红A　（法文）对不起，我只会说……（Desolée, je ne connais que le français...）

江红A发现自己手上的书。停顿。尴尬。

（中文）我想……我必须跟你解释。

五号B　不用。没关系。我可以了解。

五号 B 开始洗衣服。

江红 A 走到五号 B 面前，拿出口袋里的钱。以下他们的对话以中文进行。

江红 A 这个要还你。

五号 B 不用，那是你的。

江红 A 给你。

五号 B 给我干吗？那是你的钱！

江红 A 你那份特餐被我吃掉，而且我那天不太礼貌。

停顿。

五号 B 这样好了，你欠我一顿饭，好不好？

江红 A 这样行。

五号 B 任何地方都可以去，只要不要去转弯那家叫“诺曼底”的餐厅就好。那里服务太差了。

停顿。两个人开始笑。江红 A 突然看着窗外。

江红 A 喂。（走到左舞台窗前）下雪了，你看！

两个人走到窗前，一起看雪。

灯光渐暗。

3-4　“情欲的轮回”第二回：小公寓

北——江红公寓；西北；东北

五号 B、江红 A、街头艺人；五号 A、江红 B

西北灯光亮起。五号 A 坐在轮椅上，医生 A 推着他。

五号 A　十月下雪是不平常的。那场雪好像打开了她内在的什么。我们两人一起叠衣服。我从来没有和别人叠过衣服。后来她邀我去她家坐一坐。我开始旅行之后从来没有进过任何人家里。

黑暗中，两个人辛苦的喘气声。灯光在北右舞台亮起。五号 B 和江红 A 在舞台准确的小光区中绕圈子，模拟往上爬楼梯。

雪飘下来，整个城市变得很安静。因为衣服热热的，所以雪一掉下来就融化了。转两个弯就到了她家，是一栋古老的建筑物，一进大门，是一个旋转楼梯，阴森森的，她直往上冲，我追不上她……

两个人爬楼梯。江红 A 速度远超过五号 B，在小光圈绕圈时一直超越五号 B。五号 B 边喘气，边往上看。灯光突然暗。

江红 A　你左手边。

五号 B　啊？

江红A 摸摸你左手边啊。

五号B （摸）有个东西。

江红A 就是啊！按下去。

灯再亮。江红A站在“上面”看着“下面”绕圈子的五号B。

还好吧？我家在七楼。

五号B 你不早说……

江红A 我说过了吧。

五号B 连电梯也没有。

五号B辛苦地走到江红A的位置。灯光又突然暗。

你经常在黑暗中走？

江红A 我走惯了，这儿我家啊。

五号B 你摸黑可以找到钥匙孔？

江红A 门没有锁啊。

江红A做推门的动作。北左舞台一个小小的空间灯亮。准确的小光区定义出一个拥挤而狭窄的小房间。除了一张床、一个画家用的画架，和一个小料理台，几乎放不下其他任何东西。这就是江红A的小公寓。两人进入。

因为空间太小，五号B不知道自己的洗衣篮要放在哪里。

（指地上）放这儿好了。

五号B 门要关吗？

江红A 随便你。

五号B不动。

坐啊。

五号B 你一个人住？

江红A 这儿还能几个人住？坐。

五号B 床不方便坐吧。

江红A跨到床上。

江红A 我都站在上面了，有什么不好坐的？

五号B坐在床上。

要不要喝点东西？对了，我有台湾来的什么……“冻顶……”？

五号B 冻顶乌龙。

江红A 对对对。冻顶乌龙！

五号B望着窗外。

五号B 景观不错。

江红A 是啊，我特爱这景观，你看，那边小山上就是白教堂，今天下雪挺特别的。（要五号B让位子）借过借过……

五号B （看到画架）咦？你画画啊？

江红A 是啊，以前。

五号B发现画架上放了一排小船。

五号B 这是什么东西？你做的啊？

江红A 没什么，小东西。

五号B （拿起一个小船）这是什么？

江红A到处找茶叶，站在床上往高处找，趴在地上往床底下找，找了很久终于找到。

江红 A 找到了！“冻顶乌龙”。这是很久以前一个台湾朋友给我的。

五号 B 多久以前？

江红 A 七八年了。还能喝吗？

江红A打开盖子。

五号 B 我来好了。你这儿有热水吗？

江红 A （指炉子）有啊。

五号B开始泡茶，发现料理台上属于江红A打工餐馆的餐具。

五号 B （拿起盘子）这很眼熟。

江红 A 这不稀奇，哪个餐厅员工家里没有那家餐厅的一些盘子筷子碗的？都是这样的。平常上班的人还不是一样？哪一家公司的人家里没有公司的什么信纸信封打印纸？

五号B发现另一家餐厅餐具。

五号 B （拿起另一个盘子）那这一家是吃什么的？

江红 A （看一看）这是以前打工的餐馆。这一家做意大利菜。

五号B又发现另一家餐厅餐具。

五号 B （看着盘子下面）“香满楼”？

江红 A 啊，那是好多年前的，我打工的最后一家中国餐馆。好多年了。

五号 B 之后你就不说中文了。

江红 A 不语。

你到巴黎多久了?

江红 A 我不算时间的。多少年,多少月,多少天,对我来说都一样。

五号 B 不用算时间多好。你是留学生?你学美术的?

江红 A 曾经。

五号 B 你喜欢船?这些船做得好精致,当艺品卖,一定不错。

江红 A 这不是卖的。

五号 B 那是做什么的?

江红 A 太复杂了,不知道怎么解释。

五号 B 说说看。

江红 A 是用来埋的。

五号 B 埋?

江红 A 埋在地下。

五号 B 埋在地下做什么?

江红 A 减少一些伤痛。我只要感觉什么地方发生过什么悲痛的事,我就会埋一个在地里,心里祈祷一下。很驴吧?都是我的幻想啦。其实是为了纪念一个朋友。

五号 B 这个男生坐船死了?(江红不语)说,我想听。

江红 A 从五号 B 手上接过一只船,凝视着它。

江红 A 我们一起长大的。后来我去北京学美术,有一回他跑到北京来,跟我说:“你看得到未来吗?我们离开吧。未来在另外一个地方。我带你去。”然后有一天晚上，我们就出发了。一边笑一边唱歌。谁知道那一条路那么远。我们被藏在一艘开往东欧的货柜轮船里，在贝尔格莱德郊外被塞到一台卡车的底部、翻山越岭，最后在南斯拉夫海边上了一艘小货船。一百多人被塞进下面的船舱里，空气很差，声音很多，海浪很凶，船摇来摇去，他紧紧抱住我，叫我无论如何也要撑下去。

江红 A 渐渐放开自己。五号 B 坐在床上，静静地听。

有一天，他们让我们到甲板上，用海水喷我们，算是洗澡。让我们再下去，有人不肯，就和那些水手吵起来，打不过，就被活生生丢到海里，所有人被处罚。我们被关在一个更窄、放渔网的船舱里。门被关上，很热，很闷，快没有空气，怎么不开门？有人开始受不了了，好热，透不过气，好热，我听到有人在尖叫，有人在捶墙壁，说放我们出去，他抱住我，把我的脸压到墙壁上，我不知道他想干什么，他只是叫我撑下去，怎么样都要撑下去。原来墙壁上有一个小洞，他要我从那里呼吸，过不知道多久，我醒来，好安静，可是这是怎么回事？所有人都死光了，我远远听到上面的人在吵架，说人全部都死光，交不了差，怎么办，谁忘了开气窗？我没有力气反应，不知道过了多久，听到了很大的声响，所有人的身体翻到我身上。水开始进来。我拉着他的手，说："快醒来，快醒来，我们机会来了，我们走吧，我们走吧，我们到了……！"

沉默。江红A看着窗外。五号B看着江红A。

东北平台灯光亮起。江红B对观众说话。

江红B 没想到我竟然会跟他说那么多。我一边说，一边发现我很久没有说中文了，都不太会说了。然后我发现，我其实很久没有真正地跟人说话。

焦点回到北。五号B拿杯子给江红A。江红A把茶接过来，两个人一起望着窗外。

五号B 你能够活下来已经不简单。

江红A 为什么是我？为什么是我？

停顿。

你没事吧？你怎么出汗出得这么厉害？（摸他脸）你的脸好烫！

五号B 没事。我感冒了。我生病了。我能不能躺下来？

江红A 当然。

五号B躺在江红A的床上。灯光变化。

东北平台灯光亮起。江红B站在上面，医生A在五号A轮椅后面，江红B和五号A轮流对观众说话。

五号A 我就在她那边睡着了，醒来已经是半夜了。她坐在那里，望着窗外。雪已经停了，都市看起来特别明亮。我们聊了一个晚上，我跟她说了我所有，我太太、我儿子、我的病……

江红 B ……他的病，他旅行其实在寻找线索，想为他的遭遇找到一种说法、一种解释……

五号 A 怎么说呢？她告诉我好多关于她自己的秘密，她告诉我这些年她都会用黏土做一些小船，然后在感觉有煞气的地方埋起来，也不为什么，好像是她个人的某一种仪式。

江红 B 他告诉了我一个属于他自己的一个秘密的仪式，他说自从他生病以后走路一定先踏左脚。

五号 A 她说我住的旅馆很贵，竟然邀我一起住。那个地方几乎连一个人都住不下，想不到……

两个人辛苦的喘气声。灯光又在北右舞台亮起一个小光圈。五号 B 和江红 A 又在右舞台绕圈子，仿真爬楼梯，但是这次手上都拿着行李。同样的，江红 A 跑得很快，五号 B 慢慢走。

江红 B ……想不到我还邀他住下来……他一直发烧流汗，七楼对他而言是一种折磨……

五号 A ……其实我还蛮喜欢爬这楼梯的，有一种每天面对新挑战的感觉。呵！七楼……

北。江红 A 突然停下来，对“下面”喊。

江红 A 哎呀！我的牛奶忘在楼下了！你帮我下去拿，好不好？拜托拜托。你不知道法国人都很糟的，贼死了。

停顿。五号B喘气，犹豫。

下去拿，拜托！

五号B无奈地转身往“下”。

用跑的！

五号B开始小跑步往“下”跑。

喂！

五号B （停下脚步）啊？

江红A 骗你的。

五号B又转身往“上”爬。北灯暗。

东北灯亮。

江红B 这个空间里从没住过另外一个人。我刚搬来的时候想养只猫都嫌放不下，可是现在来了一个大男人，他一躺下，床全用完了。

北左舞台江红公寓灯亮。五号B直接躺在床上。

江红A 喂！你不能一个人霸占一张床！

五号B 问题是你只有一张床。

五号B坐起。

这样好了，我们轮流睡。四个钟头换一班，你先睡的话，我就去外面街上晃晃。

江红A 按一三五、二四六好了。

五号B 一三五你先睡，二四六我先。

江红A 那星期天？星期天就一起睡。

五号B 今天星期几？

江红A 星期天。

江红A拉着五号B一同躺在床上。两人亲热。

灯光渐暗。

3–5　生活

东北；南——巴黎小餐厅

医生 A、五号 A、江红 B；五号 B、江红 A、把脉者、餐厅老板、老客人

东北灯光亮起。医生 A 推着坐轮椅的五号 A 与江红 B。江红 A 和五号 B 牵着手经过他们面前，往南走。

江红 B　我们开始生活在一起。我打工的时候他就陪我走过那条长长的小街，然后再自己去逛巴黎，下班时他来等我，我们一起走回家。有时候他状况不好，发烧，没力气，就待在家里。

其实不只是他，我也一直很害怕掉进一个关系。

五号 A　我在想，她有必要掉进一个关系吗？跟一个剩下没有多少时间的人？而我又何必呢？

江红 B　虽然我不知道他的病有多严重，但是以他现在的状况来说，他有必要浪费他的生命在我身上吗？……

南灯光亮。"诺曼底小屋"餐馆，快要开张的时候，老板娘在擦玻璃，江红 A 和五号 B 手牵手从东走过来，走进餐馆，把脉者进入为五号 B 把脉。

虽然我没有钱让他去看法国医生，但是我还是认识一些

中国朋友，有中医，有特异功能气功师父，等等。我又去找他们的时候，他们都很惊讶。“你不是回北京了吗？”我笑了一笑，“回来了”。看了半天，他们对他的病还是没有办法。后来我想到我认识的一个吉卜赛人，在马黑区……

灯光渐暗。

3-6　吉卜赛

西二楼——吉卜赛的家

五号B、江红A、吉卜赛

西二楼灯光渐亮。吉卜赛的家：一张桌子，两张椅子。桌子上有一个水晶球，上面罩着一块布。江红A带五号B入，五号B非常怀疑的眼光。

吉卜赛人从隔壁房间进。以下对谈在表演上都是用中文，但在表达的意义上是两种语言——法文和中文。虽然吉卜赛人嘴里说的是中文，但是五号B听不懂，需靠江红A来翻译。

吉卜赛　我就知道是你们。

五号B　（对江红A）她说什么？

江红A　她说她知道我们来了。

五号B　废话。不是有预约吗？

吉卜赛　看水晶球就知道。

江红A　（对五号B）她说看水晶球就知道。

吉卜赛人坐下。

吉卜赛　（对五号B）你的心里有很多怀疑。

江红A　（对五号B）她说你的心里有很多怀疑。

五号B　这不用看水晶球，看我表情就知道。

五号B坐下。

吉卜赛 （对五号B）你必须先相信它，它才会告诉你实话。

五号B 她说什么？

江红A 她叫你乖一点。

五号B故作认真状。吉卜赛人瞪着他，起身离去。

江红A 你看你那什么态度？！

五号B 你不是叫我乖一点吗？我不是够乖了？

江红A瞪五号B，再去请吉卜赛人出来。

吉卜赛人回，手上拿着一瓶清洁剂，慢慢擦拭水晶球。

吉卜赛 像看爱人一样看着它，看好。

江红A （翻译）像看爱人一样看着它，看好。

吉卜赛人看水晶球。五号B回头看江红A。

哎哟，我求求你行不行啊！

江红A示意五号B转头回去。

吉卜赛 我看到一片黑压压的……

江红A （翻译）黑黑的……

吉卜赛 一群人……

江红A （翻译）一堆人……

吉卜赛 好像在排队看电影……

江红A （翻译）好像在排队看电影……

吉卜赛 我看到你……

江红 A （翻译）她看到你……

吉卜赛 有一个女人站在你旁边……

江红 A （翻译）一个女人站在你旁边……

吉卜赛 这是什么插在一根棍子上？

江红 A （翻译）什么东西……插在一根棒子上……

五号 B 突然注意听。

吉卜赛 多奇怪？什么地方还会这样吃玉米？……

江红 A 你们台湾是这样吃玉米的？

吉卜赛 走了……

江红 A （翻译）走了……

吉卜赛 她走掉了……

江红 A （翻译）她走掉了……

吉卜赛 什么事使她受不了？她怎么走掉了？她跑了……她就这样跑掉了……她往哪儿走啊？她以为这样就可以解决问题吗？

江红 A （翻译）她就这样跑掉了……

吉卜赛 过了很久很久都没回来。

江红 A （翻译）没有回来。

沉默。五号 B 全神贯注。

吉卜赛 你在……买票，是吧？这个人是你老婆吧！

江红 A （翻译）你在买票，这个人是你老婆吧？

停顿。

五号B （严肃地）她在哪里？

江红A （对吉卜赛人）他问她在哪里？

吉卜赛 蓝色，只剩下蓝色。她失踪了，对不对？

江红A 她失踪了。

五号B （严肃地）她在哪里？

江红A （对吉卜赛人）他问她在哪里？

五号B 她没有死，对不对？

江红A （对吉卜赛人）她没有死，对不对？

吉卜赛 你生病了，莫名其妙常常发烧，不舒服……（停顿，起身）啊，是我不舒服。

吉卜赛人又离开。

五号B （对江红A）什么意思？你为什么带我来这里？你告诉了她什么？

江红A 我跟她说什么？！

吉卜赛人回，又专心地看着水晶球。

吉卜赛 雾，雾里有湖……看见自己……有鹿、鸭子、鹌鹑……等一下……城堡，一个城堡……一群人在跳舞，头上戴着……什么东西？花花草草编成的环。花环。旁边烧着火……冬天，很冷，一艘船，带着什么……从湖边……带走了……走了……（停顿）没有了。

沉默。

（对五号 B）去那里，（指江红 A）你跟他去。

五号 B 她说什么？

江红 A 她叫我们去。

五号 B 她说这些跟我有什么关系？

吉卜赛 （对五号 B）你这一生中的谜，必须用别的谜来解。就像有的梦要穿过其他的梦才能醒来，你必须一个个走过，才能走出这场连环梦。

灯光变化。

3-7　书店

西南；南纱幕后、环绕、西——书店

五号 A、江红 B；五号 B、江红 A、餐厅老板、老客人；路人、顾香兰 B、书店老板、书店顾客、街头艺人、点灯人

西南灯光亮起。坐轮椅的五号 A 和医生 A，以及江红 B 还在那里。

五号 A　“穿过其他的梦才能走出来——”什么梦？谁的梦？从那天之后，我每天都在想，那个吉卜赛人叫我们去，去哪里？怎么找？怎么走？……

江红 A 和五号 B 在南“诺曼底小屋”餐馆门口。

江红 A　今天去哪里？

五号 B　不知道。随便。罗浮宫吧。（指向左边）这一条巷子到哪里？

江红 A 看着左边。

江红 A　你没有走过？（五号 B 摇头）它就是……奇怪，我也没有走过。应该可以穿出去到地铁那边吧。

江红 A 和五号 B 在餐馆门口亲嘴。

五号 B 开始环绕。路人从四处上，有如在梦境一般，动作缓慢，但不是慢动作。五号 B 走在人群当中，是唯一速度正常的。他四处张望，迷惑。

在南出现一位穿着中国旗袍的美丽女子（顾香兰 B）。她的速度正常，体态诱人、神秘，好像不属于这个时代，自信地在人群中逆向而走。点灯人将四个角落的街灯点亮。

五号B停下来，回头，看，试图追上去，但是没有办法，一方面是身体虚弱，一方面是穿越不过迎面而来的人群。五号B非常着急。神秘女子逆向走入西区一家书店，五号B追。

五号B看到，神秘女子走进书店。赶紧冲向书店。但是他进去的时候，神秘女子已经不见了。

五号B在书店中到处寻找，就是找不到神秘女子。他擦着头上的汗，四处张望。他走向柜台。

五号B （对老板，缓慢地）对不起，你有没有看到一位女子——

老板迷惑地看着五号B。

一位中国女子——中国——

书店老板 中国——？

五号B 穿着旗袍——中国旗袍——旗袍——

书店老板 什么？

五号B发现没有用，老板根本不知道他在说什么。他退后一步，转身，刚好面对一个展示台，上面都是书。有一本掉到地上，五号B捡，惊讶地发现他手上拿的是一本关于城堡的书。他仔细看，再转向老板。老板把书接过来。

书店老板 250。

五号B翻开其中一页，指着。

五号B （慢慢地）城堡……

书店老板 对，城堡。城堡。这本书都是法国的城堡。

老板仔细看着书。五号B付钱。灯光变化。

3-8　寻找线索

南——巴黎小餐厅

五号 B，江红 A，餐厅老板，老客人，台湾客人一（男）、二（女）、三（男）、四（女）

南餐厅灯亮，喧哗的声音。四位台湾来的客人从餐厅门上。江红 A 去招呼客人。

台客一　哇，台湾没有这种店！

台客四　（指老客人）法国人耶！哇，台湾没有这种店！

台客二　我们跟团那么久，都没那么近看过法国人耶！

四人一阵喧哗，跟老客人合照。

台客二　（看到江红 A）东方人耶！（对江红 A）你会中文吗？

台客一　我们是台湾来的。

江红 A 不语。

台客三　唉，她听不懂啦。

江红 A 手势表示“四位吗”。

台客一　对，四位。

江红 A 带他们入座，客人坐到中间桌。江红 A 递上菜单。

台客四　（看菜单）看不懂。

台客三 好饿。

台客四 （对江红 A）我想吃牛排。

台客二 她听不懂啦！

台客三 好渴！（比）我们可不可以喝一点水？

江红 A 点头，去拿水。

台客四 怎么办？没中文怎么看？

台客三 这种店怎么会有中文？

台客二 （对台客一）都是你啦，谁叫你要脱队？

台客三 对啊，吃中国菜就好了。

台客二 我宁愿吃难吃的中国菜。

江红 A 拿一瓶酒，倒在杯中。

台客一 不是，我们没有叫这个。我要喝水，水！ Water！

台客二 你不要这么凶嘛！

江红 A 表示听不懂，帮他们倒酒。

台客一 怎么这样子？不行，不行，倒回去倒回去……

台客四 看一下标签，多少钱？

台客二 你不要丢脸啦！大家出来玩就好好玩嘛！

台客一 你怎么知道多少钱？我告诉你，（指着江红 A）这种人，到时候怎么被她杀了，你都不知道。

台客三 算了，算了！

江红 A 倒完酒，五号 B 从外上，手上拿着城堡书，坐下。

五号 B　江红！赶快看！

江红 A 把酒放在客人桌上，让他们自己倒，然后到五号 B 的桌旁。

江红 A　怎么样？

停顿。客人们愣。

台客四　她刚刚是不是说中文？

台客三　听错了吧。

台客一　法文，法文。（自己念）“怎么——样——”……？

江红 A　（看书）哇！不可思议！你听！（念）“这迷人的城堡位于诺曼底，从古代传下来的外号叫作‘看见自己’。”

江红 A 看着五号 B，台湾客人看着他们。

（继续）“现在这一座城堡已经从私人住宅转成观光旅馆，供民众住宿。”你看！有湖！然后这些人，他们头上戴着不晓得是什么，好像是鹿角……（念）“仪式，在冬天……”

台湾客人全部注意江红 A 的中文。五号 B 拍拍江红 A，江红 A 看台湾客人。

停顿。

五号 B　（对台湾客人）你们要不要听她唱王菲的歌？

台湾客人愣住。

台客二　（对台客三）“怎么——样——”……？

灯光渐暗。

-第 四 幕- 看见自己

4-1 往诺曼底

西；西二楼——快速火车上

江红 B；江红 A、五号 B、火车乘客、火车服务生

“旅行音乐”起。快速铁路的声音。西灯亮。江红 B 对观众说话。

江红 B 我们搭上一班通往鲁昂的 TGV[10] 高速火车，去寻找那座城堡。上了车以后我发现，来到巴黎这么多年，都没离开过这个不是故乡也不算异乡的地方。

江红 B 正上方的西二楼灯光渐亮。一节法国快速铁路的车厢，乘客散坐；江红 A 和五号 B 提着行李上车，看着自己的车票，找位子。车上服务生指导他们。

十二月下旬的法国乡下，遍地都是雪景，外面一些雪片打在车窗上，融化。我大概真的困在巴黎太久了，看得傻傻的。他也陪我看。

火车上江红 A 和五号 B 脸贴着玻璃，静静地看着窗外。他们正楼下的江红 B 往北移动。

关于诺曼底，我知道的不多，只知道“第二次大战”的时候战火猛烈。关于鲁昂，我只知道圣女贞德在那里被疯狂无知的群众烧死，也知道莫奈在很多不同的光线下画了很多幅那边的教堂。我们到了鲁昂换车的时候，参观了这两个地方。

火车厢灯光渐暗。

我们坐慢车到一个叫布里昂的地方，那个地方小到不小心会坐过站。从这里，我们不太确定怎么走。在雪地中什么都听不到，除了雪。我们在小镇的广场里看到一家小酒馆，那好像是那个小镇里唯一有人的地方……

4-2 小镇酒店

东——诺曼底小酒店

老总管、孙女、男客一、男客二、江红A、五号B

灯光转到东，一家法国诺曼底乡下小镇的酒店，只有两张桌子，一桌是客人，一位老先生，也就是老总管，坐在另外一桌，手上正在编织一个手工艺品。江红A跟五号B一边拍着大衣上的雪，一边进门。以下语言规则同前场[11]。

孙　女　你们好，请坐……

没有位子，孙女引导江红A和五号B在老爷爷那一桌坐下。二人坐。

江红A　我要一杯热咖啡。

孙　女　好的。小姐，你的法文讲得很好啊。

江红A　谢谢。（对五号B）你要什么？

五号B　Vodka（伏特加）。

同桌的老人听见五号B的声音，缓缓抬起头来，一直注视着他。

江红A　给他一杯热牛奶。

孙　女　热牛奶，好的。

五号B　（对江红A）我听得懂，我要的是Vodka。

江红A　你不说法文她是不会理你的。

江红A注意到老总管的手工艺品。

你看，那个老先生在做的东西。

五号B 你问他。

江红A 先生……先生……

孙　女 小姐，我爷爷耳朵不好，你要大声一点，他才听得见。

江红A （放大音量）先生，请问这是什么啊？

老总管 戴头上的！

江红A （对五号B）戴头上的。（对老人）很好看！（大声）好看！……为什么要做这个呢？

老总管注视着五号B，没有回答。

孙女上热咖啡和热牛奶。

孙　女 你说这个花环哪？是这样的，我们这里最近会有一个节庆，这花环是要在节庆上戴的。

江红A 节庆？（对五号B）他说这里有戴花环的节庆，就这个就这个……（对老总管）节庆是什么时候？

孙　女 第十二夜。圣诞节过后第十二夜。

江红A 那还早。

孙　女 对你来说，还早。对我爷爷来说，他已经在准备了。

旁边一桌客人加入话题。

男客一 你们对这个有兴趣吗？大部分来参加节庆的观光客都是下个月才来。

男客二 两位是来这边玩吗？

江红A 呃……我们来找一个城堡。

男客一 杜象城堡。有订房吗？

江红A 需要吗？

男客二 这一段时间，它们城堡举行一些特别的活动，会请专人带你们去打猎，客人蛮多的。

江红A 城堡离这边多远？

孙　女 五六分钟就到了。你们租车吗？

江红A 没……没关系，很近，我们可以用走的。

孙　女 走路可能走不到。

五号B （对江红A）怎么样？知道在哪里吗？

老总管突然指着男客二。

老总管 你带他们去！

停顿。

孙　女 爷爷请他们开车带你们过去！（对男客二）拜托你跑一趟啰！

男客二 （起身）没问题，没问题。

江红A 会不会太打扰了？你们酒还没喝完呢！

男客一 没关系，回来再喝，酒只会喝掉不会跑掉的。

男客二 我去开车，你们跟我来。

男客一、二下。

江红A （对五号B）走吧！到你的城堡！他要带我们去。

五号B和江红A喝完饮料，结账，穿外套，准备离开。老总管仍看着五号B。

老总管 （突然地）等一下。

孙　女 怎么了？爷爷……

老总管 （对孙女）你来。

孙女走到老总管身旁，老总管把花环给她，对她耳语。

孙　女 （走至五号B身旁）爷爷说，这个给你。

江红A 爷爷他要给你的！

五号B接下花环，抬头看着老总管。他们互相注视了一会儿。

五号B 谢谢！

灯光渐暗。

4-3　进入城堡

东二楼；南——城堡大门、观众席、北——柜台、东北、西、西二楼

江红 B ;江红 A、五号 B、城堡经理、柜台职员、男服务生、侍者一、侍者二、贵妇（法国客人一）

东二楼灯光渐亮。江红 B 在楼上对观众说话。

江红 B　结果那位善心的年轻人开的是一辆农耕用的推土机。我们坐在后面，沿着乡下森林道路。雪花飘在我们身上，雪大到我们眼前全部变成白色。突然间，白色之中出现一个像童话般的城堡……

江红 A 与五号 B 从东南，拿着行李上，一边互相拍身上的雪，五号 B 头上戴着老总管送他的花环。

江红 A　（对外面）谢谢……再见……小心开车，不要超速！（回头对五号 B）我告诉他不要超速！

五号 B　我看他再快也超不了速。

江红 A 与五号 B 在南，望着城堡大门。停顿。

江红 A　哇！后面真的有一个湖！

五号 B　真的是十七世纪的。

两人互相拍雪，穿过观众席走入城堡，看着四方。

观众席上方一座华丽的水晶灯亮起，照亮整个城堡内部空间。

柜台出现在北。城堡庄严华丽。

江红A突然感觉不对。

江红A （突然有感）你有没有感觉到？

五号B 什么？

停顿。江红A突然走出城堡，到南。

江红A 好重的一股味道……说不出来。

五号B 煞气。

江红A 等我一下。

江红A出去。五号B一人走到北，站在柜台面前。柜台职员上。

柜台职员 先生，欢迎欢迎，请问您订房的名字是……（发现五号B听不懂）订房……订房。

五号B 等一下，我朋友马上回来……

柜台职员 请问你的名字……名字……（指登记簿）

五号B 江红。江红。

柜台职员查登记簿。

柜台职员 对不起，我这里没有记录。今天是客满，如果没有订房，可能就没有办法。

五号B 什么？

柜台职员 对不起，我们客房本来就有限，尤其这一段时间，我们有特别活动……（拿柜台上的简章给他）打猎的特别活动……

江红 A 回。城堡经理从旁边办公室出，向柜台职员问情况。

江红 A 怎么了？

五号 B 拿简章给江红 A 看。

五号 B 你看……

城堡经理 （对柜台职员）怎么啦？

柜台职员 这位先生说他订了今天晚上的房间……

城堡经理 （对五号 B）什么名字？

五号 B 什么？

江红 A （对五号 B）他问你用什么名字？

五号 B 江红。

江红 A 怎么用我的名字？

城堡经理 （边重复声音，边找）江——红——？

法国客人一从西北上，她穿着一件漂亮的雪衣，经过柜台，看见五号 B 和江红 A，突然停下来，惊奇地指着五号 B。

法客一 Kato（加藤）桑？

五号 B 迷惑。

Kato 桑？（对江红 A）Suzuki（铃木）桑？真的是你们？好高兴在这里看到你们！

众愣。

（对城堡经理）你知道他们是谁吗？他们是日本驻伦敦大

使的公子和媳妇！他们是著名的艺术家！我们夏天才在普罗旺斯住同一家城堡！（对江红 A）我刚刚在外面看到你在挖雪埋东西的时候，我心想不可能是你！我太高兴了！欸！贝赫那先生打到两只野鸭呢！

柜台职员 那……贝赫那夫人，您先生呢？

法客一 呃……（发现自己刚刚从外入，衣冠不整）啊呀，我乱七八糟的，晚上再说！

法国客人一冲下。

停顿。

城堡经理 （对柜台职员）给他们十八号。

柜台职员 可是那一间还没有开放。

城堡经理 可以开放了。

柜台职员 可是刚刚装潢好！

城堡经理 就给他们吧。

城堡经理在订位本子上写字，下。

柜台职员 （对江红 A）对不起，应该是我们的疏忽。我们今天特别给你们十八号房，是这个城堡世世代代主人翁住的主卧房，我们翻修了三年，今天就照一般房间的价钱给你们，1550，包含早餐、晚餐。

五号 B 什么？

江红 A （对五号 B）杀了我吧，1550，我那一间公寓三个月也不用这么多钱！走了走了！

五号 B 差不多啊，都是这个价钱啊！很合理呀！

江红 A 不要了。

五号 B 不管了，我要，钱我付。

柜台职员按柜台上的铃，男服务生上。

男服务生带着他们的行李，跨过西区餐厅。在餐厅区，侍者们已经在豪华的餐厅中准备晚餐的摆设。男服务生把行李搬到西二楼卧房。

北柜台职员带二人往卧房方向走，上西二楼。

4-4 十八号房

西二楼——卧房

江红 A、五号 B、柜台职员、女服务生、男服务生

西二楼灯光渐亮，豪华的城堡卧房，保有原有的华丽装潢。因为这个城堡原来是贵族打猎用的，室内设计和打猎的主题相关。床的上方横挂着一把猎枪。

女服务生正在整理房间，男服务生正在放行李。柜台职员引导江红 A、五号 B 进卧房。

柜台职员 你们这一间房间的装潢是完全按照二十世纪初的样子和材料精心重建的，你们的运气非常好，从窗户看出去可以看到以前城堡主人打猎的森林和湖。你们明天要不要去打猎？（看见五号 B 和江红 A 疑惑的表情）喔，我们会有专人指导。这个房间刚刚装修好，可能还有一点味道，我们是完全按照原来的感觉去装修的。如果明天想要参加打猎活动，或是还有什么事，可以拉我们这复古的铃，（示范）服务生马上会来。

五号 B 拿小费给男、女服务生和柜台职员，三人下。江红 A 探头进左边的厕所。

江红 A 你看你看……我的天啊！为什么有两间厕所，为什么每间

都比我的房子大，连澡缸都比我那间公寓大！

五号B （研究装潢细节）你看，连装饰性线板都是找跟过去时代一模一样的。

江红A 天啊！这种水龙头，看都没有看过，这水怎么开都搞不清楚！等一下一定闹笑话。

江红A走回卧房。

五号B （指着窗上的枪）床前面挂一把枪干吗？

二人静静地看着窗外。

江红A 湖真的很漂亮。

沉默。

我们在做什么？

两人安静地看湖。灯光渐暗。

4-5 日本游戏一——发现艺术家

西——城堡餐厅；西南

江红 A，五号 B，女服务生，领班，侍者一，侍者二，法国客人一、二（男）、三（女）、四（男）、五（女）、六（男）；江红 B

灯光在西亮，华丽的城堡餐厅，后方有一座大壁炉，壁炉上方挂了一幅画，但是只有框，没有内容。两桌客人已经坐定——法国客人三、四（一对），已经在点菜。餐厅气氛正式而拘束，坐着的客人穿着讲究而奢华，但是话很少，非常严肃，看来都不是很快乐的样子。法国客人五、六进。

领　班　两位，你们的位子已经准备好了，这边请。

五号 B 跟江红 A 从西南楼梯下楼，至西。五号 B 穿着休闲的西装夹克，江红 A 穿着平常的便服和球鞋。五号 B、江红 A 走至餐厅。领班在门口看五号 B 衬衫一眼。

哦……先生，这边请。

领班把五号 B 引到柜台后面，给他一条领带。五号 B 起先不明白。

五号 B　（懂了）喔！

五号 B 到旁边去打领带。江红 A 笑。领班回头看着江红 A 的球鞋。停顿。

领　班　这边请。（对侍者一）四号座。

侍者一带江红 A 到位子上。所有人都看着她的球鞋。江红 A 无所谓，反看大家。

五号 B 打好领带，到座位。

江红 A （看着五号 B 的领带，笑）干吗？装绅士？好驴。

五号 B 你脚底下才难看，下次没人敢带你出来了。

侍者一 两位，这是我们今天特别的菜单，其中有贝赫那先生提供的野鸭。

侍者二带法国客人一（贵妇）和她的先生（法国客人二）上，坐在他们隔壁桌，法客一一直凝视着五号 B 和江红 A。

法客一 （热情的）Kato 桑，Suzuki 桑，这是我先生丹尼尔，就是巴黎银行的，今天的鸭子就是他打的，记得吗？我们特地去了一趟伦敦的泰德画廊看你们的展览！真精彩！

法客二 （不耐烦地对其妻）你不要打扰人家。

五号 B 她又来了。跟她解释吧。

法客一 （又热情地）Kato 桑，Suzuki 桑……

法国客人二低头，觉得难为情。

法客二 （小声但严厉地对其妻）好了。

法客一 （不客气地对其夫）你不要管我。（起身，对众客人）各位，我跟你们介绍一下！你们知道吗？这两位是日本驻伦敦大使的公子和他的夫人。他们都是著名的艺术家，不过他们不大会说法文。（指五号 B）这位还会说一点，（指江红 A）

她可就完全不会说。

五号 B （比手画脚）不不不……

法客一 日本人都很谦虚，他们的作品非常特别，一种装置……

法客二 （不耐烦地）够了。

法客一 表现一种……我不会说，一种后现代的艺术观……

法客二 （失去耐性）我说够了！

法客三 我知道！是不是那一对用战争武器制成小孩玩具的？

法客一 对！对！在泰德画廊展出。

法客三 很轰动！

法客一 你有去看？

法客三 没有，没有。我那个时候很忙，但是我有听说。

法客五 我有看到——在精品店有卖。非常可爱，而且有意义。

法客一 真的好感动，我们来喝酒，来，（对侍者一、二比手势）我们带来的这酒非常好，我先生没办法喝太多，他的身体……

侍者一、二为大家倒酒。法国客人二忍无可忍。

法客五 那我们一起敬他们，好不好？我好喜欢日本的当代艺术。

众举杯。

法客三 我也是。

五号 B （小声对江红 A）怎么办？

江红 A （对五号 B）就接受吧！反正明天他们就走了。

法客一 敬生命，敬艺术，敬法兰西共和国跟日本国的美好友谊！

Santé[12]！

所有的客人跟江红A和五号B敬酒。

五号B和江红A互看一眼。西灯暗。

西南灯光亮起，江红B对观众说话。

江红B 就这样，我们俩莫名其妙变成日本人，而且是搞装置艺术的艺术家。反正也好，在这种游戏角色的扮演当中，我跟他似乎从一种一路走来的使命感和悲情中跳脱出来，反而享受到人生的另一种乐趣。

4-6 日本游戏二——服务生

西二楼——城堡卧房

五号B、江红A、女服务生

西二楼灯亮，五号B和江红A开房间门，一边笑。

江红A 我们真的变日本人了？

五号B （日文）嗨！

江红A 我们想解释都没有机会！

五号B 嗨！

江红A 日本话怎么说？教一下。

五号B 阿里阿豆！

江红A 这一句谁都会！

女服务生敲门。

趁机赶快练习练习。

江红A开门。

女服务生 对不起，帮你们铺床。

江红A （对五号B，像日文的声音）她要帮我们铺床。

五号B （顺回江红A，像日文的声音）她要帮我们铺床？

江红A （像日文的声音）没错，她要帮我们铺床。

五号B （像日文的声音）那我们要不要让她铺？

江红A （像日文的声音）好啊！

五号B （像日文的声音）麻烦你了。

江红A （同时，日文）请！

五号B （同时，日文）请！

江红A一边笑，一边走进厕所。女服务生开始铺床。

五号B看着窗上挂的古董枪，开始用“日文”跟女服务生说话。

五号B （像日文的声音）这一把枪是不是可以拆下来？

女服务生 什么？这把枪是以前主人打猎用的枪。

五号B （像日文的声音）这一把枪……是不是可以拆下来？

女服务生 这一把枪？你喜欢这把枪？

五号B （像日文的声音）你觉得好看吗？你喜欢睡觉的时候，上面放一把枪吗？

女服务生 什么？喔，你不喜欢这把枪。

五号B （像日文的声音）这里应该放一幅画，你不觉得吗？一幅漂亮的画，有花，有草，有山，有水……

女服务生 什么？把它变成什么？枪变成花？……枪变成……玩具！把枪变成小玩具？您的作品？

江红A 我都听不懂，她竟然听懂了？

江红A从厕所大笑。

女服务生 我想我了解你的意思。我去跟经理商量一下。你们的床已经铺好了，晚安。

五号B （边给小费，日文）……再见！……

女服务生下。

江红A关上门。停顿。

二人大笑。

江红A 讲得不错嘛！

五号B （像日文的声音）讲得不错吗？

江红A （像日文的声音）不错。

五号B （像日文的声音）不错。

江红A （恢复中文）他们真的以为我们是日本人。

五号B 偶尔当一下外国人也不错。外国贵族。（对江红A，做作）夫人。

江红A 嗨。

二人看湖。

五号B 这湖真美。

江红A拿起茶几上的饭店说明书。

江红A （看着说明书）这地方叫“杜象城堡”，它的座右铭叫“看见自己”。这是十七世纪贵族打猎用的一个别墅，路易十四也来过这里打猎。往北不远也是古代经常打仗的战场，圣女贞德也带过兵经过这里。再往北就到海边，就是“二次大战”诺曼底登陆的战场……

五号B 那和“看见自己”有什么关系？

江红A （看说明书）重点来了：城堡十九世纪第十二代主人特爱打猎，有一天晚上，他跟猎友坐在外面那个湖边喝酒烤肉，然后他看到一头鹿。

五号B 在湖边？

江红A 不是，在湖中间。

两人望着窗外。

（看说明书）所有人都以为他发疯了，一开始不信，后来陆续有人都在湖上看到东西，从此传说就开始了，如果你坐在正确的角度……你看，还画红线……正确的视野看湖，你就会看到“自己”。

五号B 他是看到一只鹿，又不是看到自己。

停顿。

江红A 因为他打了太多鹿，他觉悟了，了解他杀的其实是他自己。

五号B 这上面这样写？

江红A 最后两句我编的。原来这是这一座城堡吸引观光客的主要原因。

五号B “看见自己”？（往湖看）什么角度？

江红A 不是这里。（去拉铃）问问吧。

灯光渐暗。

4-7　看见自己

北；观众席 / 南——湖边；湖上

城堡经理、女服务生、江红 A、五号 B、伯爵

观众席亮起特殊光，全是水纹波动，好像整个观众席都在水底下的感觉。

北灯光渐亮。暗暗的湖畔，深夜。一把户外椅子在北中央正对南。城堡经理手上拿着手电筒，带江红 A 和五号 B 从右舞台上，女服务生带毛毯。

城堡经理　……请跟我来……这边来……慢慢走……小心，这地有一点湿……

城堡经理、女服务生带他们到椅子旁边。

就是这个位子。这是当年城堡主人坐的同一个位子，坐在这里看湖，说是如果心情平静，（指远方）就会在那边远远的，看到自己。很多人是没看到什么，我是没看过。好了，我不打扰了。

城堡经理、女服务生下。

停顿。

五号 B　怎么样？

江红 A　试试看。

五号B坐下，江红A站他旁边。两人视线穿过观众席看着远方的南。

沉默。

五号B什么都没看到，站起来。

五号B 看不到。你来。

江红A 你的事情你做。我看到的又不是你的。

五号B 帮我看一看。

江红A坐下。两人一起安静地看。

沉默。

渐渐地在南黑暗中传来船笛声，接着是一些模糊但嘈杂的声音，人的挣扎、呐喊……

在南远岸的湖水中，似乎出现一道红红的光。

声音渐远，和光一起消失。

江红A情绪激动，起身，五号B抱住她。

江红A （小声地）你听到了吗？

两人安静地拥抱片刻。五号B又坐下。

南迷雾中，一位外国男人，穿着整齐，出现在远方的湖水上。外国男人坐在湖边同一把椅子上，坐姿和五号B一模一样，好像成为五号对照的影子一样，但他手上拿着一把猎枪。两人着迷地互看。

远方传来火车的声音。外国男人对北开了一枪。

火车声和光渐弱，南已经看不见什么了。

五号B看江红A。

五号B 你看到什么？

江红A看五号B。

为什么？

城堡经理上。

城堡经理 进去喝茶吧！太冷了，进去吧。我们已经为你们准备好茶了……

城堡经理领二位下。灯光渐暗。

4-8　日本游戏三——战争与武器

东北；西二楼；西——城堡餐厅

江红 B，五号 A；女服务生；江红 A，五号 B，领班，侍者一，侍者二，法国客人一、二、三、四、五、六

西南灯光渐亮。江红 B 站在五号 A 旁边，但是他们是分开的两种空间。江红 B 对观众说话。西二楼，女服务生用鸡毛掸子在清洁，清理到小桌上江红 A 放的小船。她拿起一个小船，好奇地看着，干脆坐在豪华沙发上，仔细研究小船。

江红 B　（对观众）那一天晚上，我们没有说什么话。

五号 A　（对医生 A）我做了很多梦，有动物，有枪、刀……

江红 B　第二天早上，我们继续寻找线索，但是找不到。我们几乎所有时间都花在湖边，想看到什么，但是什么也看不到。

五号 A　同时我们无法抗拒的日本装置艺术家新身份让所有人都好奇。他们误认为我们是来收集战争用过的武器，然后制成各种可爱的玩具。

江红 B　那个铺床的服务生误会了，以为我们想收集房间那把枪。

五号 A　可是因为那是属于那房间原本装潢的一部分，所以没有办法。没关系，这个城堡收集过非常多兵器，他们说过两天

看有没有办法，帮我们这两个艺术家安排一下。哈！艺术家！

灯光渐暗。

灯光在西亮，城堡餐厅。晚餐时间。三桌客人已经坐定——法国客人一、二、三、四、五、六。他们在聊天。原本墙上空白的画框变成有内容的：一男一女合在一起的油画，男的是湖上五号 B 所见同一人。

五号 B 跟江红 A 上。

侍者一 两位晚安，今天晚上有新鲜的鹿肉。还是贝赫那先生打的。

侍者一带位，下。大家都看着五号 B 跟江红 A。

领　班 两位，那把枪我们经理正在处理。

法客五 Suzuki 小姐……Kato 先生……你们好！

法客四 我们敬大家！敬我们的艺术家朋友！

众人举杯喝酒。

众　人 敬艺术！

法客五 （对五号 B，热情地指着自己的先生）这是我先生！我先生是做纸箱的，（比）装东西的纸箱……

江红 A （对五号 B）他先生是做纸箱生意的。

法客五 （慢慢地，比手画脚）他年轻时是想做艺术的，跟你们一样……后来没办法，要生活，要赚钱……艺术，向往，他非常向往艺术的人生……可是没办法，他现在还是做纸箱的生意。（停顿）是什么动力？是什么动力让你们支持下去？什么动力？

五号 B （对江红 A）他好认真，他在问什么？

江红 A （小声，对五号 B）他在问是什么动力让我们在艺术方面支持下去。你想回答吗？

法客五 战争让你看到什么了吗？战争给你们什么样的灵感做艺术吗？广岛、长崎，炸死了那么多你们无辜的同胞，柬埔寨全国布满了那么多地雷，许多小孩子在玩耍时就被炸死了！或是没有手没有脚！战争真是残酷啊……

江红 A 突然从翻译转为评论，法客五被吓得退后一步。

江红 A 这些有钱人到底懂什么呀？自以为很有格调，（看看这些法国客人）连日本人中国人都搞不清楚。艺术、战争，他们懂个屁呀！世界上发生什么大事的时候，他们在哪儿？他们在高贵的餐厅里，喝着高贵的红酒，吃着自己亲手杀死的鹿和野鸭！看到电视上的画面，看到人对人残酷的事情就关心一下，然后就转台，跟你们一点关系都没有，然后继续享乐！

众人看情绪失控的江红 A。

法客五 我虽然听不懂，但是我真的很感动。那么先生，你呢？是什么力量让你走到这一步？

江红 A （已收拾情绪，小声对五号 B）不要回答。走了走了！

江红 A 向法国客人微笑。五号 B 突然起身。江红 A 尝试将五号 B 拉走。

五号B （庄严地，像日文的声音）你问我我在寻找什么？不知道。你问我什么是我的动力？也不知道。我只知道……

停顿。众愕。所有人被五号B的诚恳和激动所打动。

法客五 （感动）哇……

五号B语言突然从不知名的声音转成中文，法国客人们还是一样听不懂。

五号B （清晰的中文）自从有一天，有个我不认识的病找上了我，一切都改变了。我没有选择！我认识这个病菌吗？它为什么要找上我？不知道。可是它就是来了！就好像你说的柬埔寨到现在都还有小孩子，被地雷炸得缺一只手、少一条腿的！（激动）战争已经结束了二十五年了！是谁放的地雷？他认识那个小孩吗？哪里来那么大的仇恨，要去炸死一个你不认识的人？我跟那个小孩又有什么不同？他就和你我一样，然后有一天，站在阳光下，站在马路上，突然就，砰！完了！我们嘴巴上每天喊的“自由”根本就是个屁！我们哪儿来的选择？！……

江红A起身安慰失控的五号B。

沉默。

法客三 好感动……

法客六 他说什么？

法客五 你不要管！要感受！感受！好伟大。我们敬你们。

法国客人一、二、三、四跟着附和。众人向五号B跟江红A举杯敬酒。法国客人一伤感。她突然去抢她先生西装夹克里面的钢笔。

法客二 你干吗?

法客一 你别管我!

两人争执，法国客人一站到五号B面前，拿钢笔给五号B。

Kato桑……这是我跟他打架……（比）打架……的时候，他用这支笔戳我……（比）戳我哦！很痛！（将笔放在五号B面前）请你一定要收下。

法客二 你在搞什么？你丢不丢脸啊！

法客一 我呢……（脱鞋子）我就拿这只鞋子砸他！（比）砸他……他戳我……我就打他……打他。

法国客人一将鞋子放在五号B桌上。

这也给你，请你收下。

法客二 （用手遮脸）你回来，你太丢脸了。

法客一 这些对你们来说可能是不重要的东西，可是对我们来说，这是战争！战争！我们用这些来打仗！这就是武器！兵器！我想终止这一切我跟他之间的冲突，所以我把这些给你们!

法客二 （极度难为情）够了没有?

法客一 （继续）我跟我先生感情不好，我说出来也不在乎大家听，我希望能跟我先生感情变好，因为我真的很爱他。

沉默。场面尴尬。众人拍手。法国客人二下。

法国客人一先后跟法国客人五和法国客人三拥抱。五号B突然看到墙壁上的画。

五号B （对江红A）你看……

江红A 什么？

五号B 那一幅画。

停顿。众人看男女主人肖像。

江红A 它本来在那里吗？

五号B 怎么以前没有看过？

五号B起身，走到男女主人肖像面前，看。所有人看他。领班向江红A和五号B靠近。

江红A 对啊……

五号B （看）法国男人跟中国女人？这就跟我们在湖上看到那个人一样！……

江红A （看画下面的铜牌，念）“亨利·杜象，布维尔伯爵，法兰西共和国驻中华民国上海领事，1895—1938。”看，这边有个签名，K—O—O—……

五号B KOO？

停顿。众人看。

灯光渐暗。

4-9 启示

西南；西二楼——城堡卧房；环绕区；南、观众席、北、西——六十年前

五号A、医生A、江红B；江红A、五号B、城堡经理、柜台职员、侍者一、女服务生、男服务生、孙女、老总管；顾香兰B、伯爵；回忆中的总管、男仆、女仆、玛莉

西南灯光渐亮。江红B站在五号A和医生A旁边，但是他们是分开的两种空间。

五号A 那一幅画……我们在这城堡待了好多天，好像就是为了它……

江红B 他看到画里的人物，整个人呆住了。有一下子，我感觉他被吸进去，好像完全忘了自己的存在。

同时，城堡经理、柜台职员从他们面前过，指挥着男仆跟侍者一搬一箱武器，上西南楼梯到西二楼。

西二楼卧房灯光渐亮。江红A和五号B在房间，五号B拿着钢笔和高跟鞋，两人心情低落。

五号A 画中的两个人，男的我在湖上见过，女的在巴黎的街头，我发现城堡书里的那个下午见到过。他到底是谁？一个中国女人怎么会出现在这样一个城堡里？我问了他们，他们

也没有答案。

江红 B 看那画的风格，不会是太久以前的作品，他们说不定还活着。我故意用一点破碎的法文跟他们沟通，询问我们有没有办法购买那一幅画。

五号 A 他们一直听错江红的意思，以为我们要花钱买兵器。

江红 B 可是我们要的是画。

五号 A 江红讲得嘴都快破了，他们还不是很明白……

城堡经理敲房门。五号 B 起身去开门。城堡经理、柜台职员入卧房，侍者一跟男仆搬一箱武器进。

城堡经理 Kato 先生，晚安。

柜台职员 我们选了一件武器，（比开枪）“砰砰”……送给您。

城堡经理 对对，（比开枪）“砰砰”……我们特别为您找出了一把十八世纪的枪，确实是战争用过的。是城堡前主人家族收藏的，希望对您的工作有帮助。

侍者一拿出枪。

五号 B 看着江红 A。

江红 A 他们决定送你一把枪。

五号 B （对城堡经理）阿里阿豆……

城堡经理 我们公司非常期盼您将来完成的作品能够让我们长期陈列在大厅，一方面让后来的旅客欣赏到您的作品，同时为世界和平而祈祷。这是我们集团的一个小小的心愿。

五号 B （对经理）可是我们要的是画呀！……

江红 A 他们要你用武器做艺术品！

侍者一跟男仆搬画架与画上。

城堡经理 接着我们有一个惊喜给你们，关于你们接洽的画。我们已经查出来，画中的人，是以前城堡的主人和他的夫人。

柜台职员 巴黎银行那一对贝赫那夫妇，今天下午已经回巴黎了。他们知道你们对这幅画有兴趣，所以在走以前，贝赫那夫人购买了这幅画，要送给你们，还有一封信。

五号 B 什么意思？

江红 A （对五号 A）给我们的。

城堡经理 对，给你们的，这是他们给你们的礼物。

江红 A （对五号 A）就是送你鞋子的那个女的啊！她买的，给我们！

五号 B 那女人真是的……

女服务生领老总管跟孙女上西二楼房间门口，敲门，柜台职员开门。

柜台职员 关于这幅画，我想这位老先生应该很清楚，所以我们特地请他来为您解说。

女服务生引导老人和孙女入房间，然后下。

五号 B 就是我们在镇上遇到的那个。

老总管 又见面了。

城堡经理 原来你们早就认识了，我们就不打扰了。

城堡经理跟柜台职员下。

江红A等到城堡经理和柜台职员确定离开了之后，才大胆地跟老总管和孙女开口说话[13]。

江红A （对老总管）请进，请坐。谢谢你们赶过来。外面风雪这么大，还让你们这样赶来，你们店今天不开了吗？

孙女 今天提早打烊。

江红A （对五号B解释）他们今天为了你提早打烊赶过来。

五号B 真的？（对老总管）谢谢。

老总管 听说两位有事找我？

江红A 对。这个……

江红A跟五号B拿画给老总管看。

五号B 谁？

江红A 这是谁？

孙女 爷爷，你应该知道吧？

停顿。

老总管 我们家族在这个古堡为杜象先生家族服务了一百多年，（指孙女）我跟她奶奶是最后一代，后来杜象家族有一些变化，于是我们就没有再替他们服务了，我跟我太太在小镇上经营一家小店，一直到今天，后来是我们女儿在管，现在都是我孙女在管。

环绕区灯亮。伯爵和顾香兰C由东北开始绕场，走入观众席，走向北。

江红A一边在五号B耳边帮他同步翻译。

停顿。老总管看着画。

画中是一对夫妻。那是六十多年前的事了。他们就住在这房间。男的叫作亨利·杜象,女的叫(发音不准)香——兰——顾。这一幅画就是香兰顾画的。每天早上我会准时地敲门,送上早点。她刚来的时候,我好迷她,她长得好漂亮。她是杜象先生从上海带回来的。

南灯亮。城堡大门,但一切像是罩上了回忆的薄纱一样,呈现的是六十余年前的景象。

江红A (翻译完毕后,对老总管)从上海带回来的?

老总管 是啊,杜象先生曾经是法国驻上海领事,当年从我们这里出发的时候,他还带着他的前夫人和小孩。

江红A同步翻译着。

过了好几年,我记得那一天,我收到一封电报,伯爵要从中国回来,结果带来的不是前夫人,反而是一位新的夫人,而且是中国人。

一直环绕的伯爵和顾香兰C进入北,城堡大厅,与员工一一问好。

我还记得她第一天来的时候,大家都好惊讶,我太太……(胸前画十字架)好难过。不过香兰她人很好,杜象先生为她在这儿和在巴黎请了很多老师让她学画,天天请客,热闹得很,高朋满座,多少名流贵族在这儿进进出出,很多人还只是为了看我们新夫人一眼来的。表面上他们是一对恩爱的夫妻，但事实上，香兰顾很不快乐。

伯爵和顾香兰C穿过西，上西二楼，如幻影般从总管、五号B、江红A背后过，消失在西北二楼。

后来伯爵在一次惨烈的车祸中丧生，那是……一九三八年的事，然后……有一些奇怪的事情发生。总而言之，城堡就卖给别人，我们也搬出去了，香兰顾搬到巴黎去了。

江红A帮五号B翻译完。

停顿。

五号B 那她什么时候过世的？

江红A （向老总管翻译）那她什么时候过世的？

老总管 我不知道，我不确定她是不是过世了。她是五十年代回到上海去，后来只联络过几次，但是我知道她如果要走的话，我会知道的。

江红A （翻译完毕后，对老总管）什么意思？

孙女 我爷爷的意思是，他感觉她没有死。我爷爷感觉很灵的。

五号B 有没有办法找到她？

江红A （向老总管翻译）有没有办法找到她？

老总管 这个难啦。

江红A 怎么了？

老总管 我最后一次有她的消息，是听说她住在巴黎的小公寓，那个时候刚打完仗，后来她就回上海去了。她从中国有寄几封信给我，我也回了，后来是一九六几年，中国发生什么大革命啊什么的，就再也没联络了。

江红A帮五号B翻译。

五号B 那地址可以给我吗？

江红A （向老总管翻译）有地址吗？

老总管 她最后一封信写给我，叫我烧了她所有的信，因为海外关系对她不方便，所以就叫我给烧了。

江红A （对五号B）她叫他把信烧了。（对老总管）烧了吗？（老总管点头）一封都没？

老总管 不过地址我记下来了。

江红A （对五号B）不过他记下来地址。

五号B 记记……

老总管努力地想地址。

老总管 四号——（不准确的发音）枯——林——路——上——海——中——国。

江红A （揣摩译音）古林？估领？哭领？

五号B 确定没错？

孙女 我爷爷他记性很好，不会错的。现在时间晚了，我爷爷要回去了。

老总管和孙女起身，再看看房间，向门口走。

五号B 那我们明天还可以去找你吗?

江红A (对老总管)我们明天还可以去找你吗?

老总管 我年纪大了，我这个年纪都不敢跟别人说再会。

老总管向他们鞠躬，孙女把他扶出门外，二人下楼梯。江红A和五号B目送。

灯光渐暗。

4-10 回程

东二楼——快速火车上；北——湖边；南 / 观众席——湖上

江红 B、五号 A；江红 A、五号 B、火车乘客、火车服务生

快速铁路的声音。西北灯光亮起。同前场，五号 A、医生 A 和江红 B 都在同一个区位，但二组在不同的时空中。

江红 B 第二天，我们一早搭上回巴黎的快速火车。在出发之前，我们一直在犹豫，他们送我们的那把枪该怎么处理。

东二楼灯光渐亮。同前火车场，法国快速铁路的车厢，但是反方向。乘客散坐。

五号 A 江红不准我把那一把枪带回巴黎，我们两个就偷偷地把它埋在城堡的花园里。然后我们又到湖边一次。

北灯光亮起。江红 A 和五号 B 在湖边看湖。他们的行李在一旁。观众席亮起水纹波动，南远方烟雾弥漫，什么都看不清楚。北两人静静地望着黑暗的湖。

江红 B 我们就静静地在那里，什么都没有看到。

沉默。

五号 A 我们离开了诺曼底，离开这个城堡，开始下一段旅程。我真谢谢江红陪我，在诺曼底这个美丽地方，一个美丽的冬天。

江红 B 在火车上我们很安静，几乎一句话都没说。这段日子很短暂，我们知道我们在一起的日子要结束了。

江红 A 和五号 B 慢慢回头，开始爬旋梯。

五号 A、医生 A 跟江红 B 下。

灯光渐暗。

-第　五　幕-　第七颗煎蛋的轨道

5-1　分手的准备

北——巴黎小公寓

五号 B、江红 A

两个人喘气的声音。北灯光渐亮。江红 A 和五号 B 搬行李上舞台左区灯光准确切割出来的旋转楼梯，他们手上拿着画和行李。

五号 B　（边“上楼”）上面灯先帮我按住。

江红 A　（边“上楼”）好日子过惯了，连爬个楼梯都不行。每天吃鹅肝，吃到血都变蓝色的。

五号 B　贵族的血号称是蓝色的。

江红 A　是啊。

江红 A 走到“顶”，用模拟动作打开公寓的门，北左区准确的灯光切割出公寓的范围，江红 A 入。

还是回到自己的窝好，多快乐。

五号 B　（入公寓）这落差太大了。

江红 A　进来啊。

五号 B　城堡的澡缸都比你这窝大。

江红 A　还是回家舒服，住那么大地方多浪费。（望着左边窗外）哇，我的白教堂。这才叫“景观”。

五号 B 躺床上。沉默。

五号 B 你觉得她到底是姓“辜”？还是“顾”？还是“古”？

江红 A 你去上海找找看。

五号 B 你跟你老板请一下假，跟我到上海一趟，我找到人就陪你一起回家。

停顿。

江红 A 回什么家？我不存在，从中国出来的江红已经死了，来到巴黎的江红根本没有存在过。为什么到现在你还不懂？

五号 B 你在说什么？你不敢面对，你不敢面对他，你不敢面对我。你不存在就算了，我活得很好。就当我们这段时间也没有在一起！你不去面对，怎么过关？

江红 A 在湖边你也看到了，我过不了这一关。你去。你去过你那一关，去找你那个神秘的上海女人好了。

沉默。

不要去。能知道什么？能发现什么？知道又怎么样？知道你踩到的地雷是谁放的又怎么样？

沉默。

不要去。我愿意陪你。到最后。

江红 A 温柔地拥抱五号 B。

沉默。

5-2　煎蛋的梦

东；东二楼、东北二楼、西二楼、西北二楼——巴黎小公寓梦境；南

江红 B；江红 C、江红 D、江红 E、江红 F、江红 G、江红 H、江红 I、江红 J；
五号 B

东灯光亮起。江红 B 对观众说话。

江红 B　来到巴黎之后，发生过这么一件事：

几年前，有一天早上，我醒来，在床上顿了一下，确定我在哪里。我经常会这样，不知道自己在哪里。如果窗户在左边，我想那是巴黎，如果窗户在右边，应该是北京，除非我半夜做了一个一百八十度的旋转。那一天阳光从我左边的窗户射进来。没有错，这是巴黎，我那小小的公寓。来法国已经几年了，但是有时候起床的那一刹那还是不太确定。

东二楼灯光亮，江红 C 从床上坐起来，起床，照叙述中的动作，煎蛋。

有时候，为了确定我人在巴黎，我喜欢做洋人的早餐。打开我那小小的冰箱，看到牛油、柳橙汁、奶酪，我就笃定了，没有错，我在巴黎。

照惯例，我从冰箱中取出一个蛋，把锅热了，油放下去，

然后用清脆的动作把鸡蛋壳一打，看着那生蛋往锅里下。但是这一天，当那蛋黄蛋白大声地碰触到锅中热油的那一刹那，我突然之间发现我又坐在床上。

打蛋的声音，接着是蛋下锅的声音。楼上煎蛋的江红C身上的灯突然暗，同时瞬间东二楼床上灯突然亮，另一个江红——江红D坐在床上。她慢慢起床，照叙述中的动作，煎蛋。

我停顿了一下，看了一看我左边的窗户射进来的阳光。没有错，这应该是巴黎吧，但是怎么会变成这个样子呢？我怎么又跑回床上？没关系，我想，再来一次吧。于是我重新再来，从左边下床，重复以上所有的步骤，打开冰箱，从冰箱中取出一个蛋，用清脆的动作把鸡蛋壳一打，但是……当那蛋黄蛋白大声地碰触到锅中热油的那一刹那，我突然之间发现我又坐在床上。

打蛋的声音，接着是蛋下锅的声音。江红D身上的灯突然暗，同时瞬间东二楼床上灯突然亮，江红C、E坐在床上。她们慢慢起床，照叙述中的动作，煎蛋。这个时候楼下有一个江红在叙述，另外两个在楼上做动作。

怎么一回事？我对自己想着。我开始有点紧张。没关系，我再来一次。但是……当那蛋黄蛋白大声地碰触到锅中的热油的那一刹那，我突然之间发现我又坐在床上。

打蛋的声音，接着是蛋下锅的声音。东二楼煎蛋的江红C、E身上的灯突然暗，同时瞬间，东二楼、西二楼床上的灯突然亮，江红 D、F、G 坐在床上。她们慢慢起床，照叙述中的动作，煎蛋。

我开始非常地紧张。我是不是走进一种走不出来的煎蛋轮回？我坐在那里，看着左边窗户射进来的早晨的阳光，我想不出别的办法，只好再试一次。但是结果一样，当那蛋黄蛋白大声地碰触到锅中热油的那一刹那，我突然之间发现我又坐在床上。

打蛋的声音，接着是蛋下锅的声音。东二楼、西二楼煎蛋的江红 D、F、G 身上的灯突然暗，同时瞬间东二楼、西二楼、西三楼床上灯突然亮，江红 C、E、H、I、J、K 坐在床上。她们慢慢起床，照叙述中的动作，煎蛋。

我只能凭着一股信念继续坚持下去。五次、六次，到了第七次，当那蛋黄蛋白大声地碰触到锅中热油的那一刹那，它居然继续煎了下去。我站在炉子面前，惊讶地看着那透明的生蛋白变白的过程，那蛋黄凝结的过程。

楼上各处煎蛋的江红 C、E、H、I、J、K 继续煎蛋。

煎好了，把蛋放在盘子上，面包烤好了，吃了，然后，我的日子就这么过，到今天。

这一件事让我想到，我的今天，来自那第七颗煎蛋。我的整个道路，完全来自蛋煎下去的那一刹那，而不是前一颗。如果第五颗蛋就煎成功，我在想，我是不是进入了另外一个轨道？那一条道路就不会走到今天这一步？

各处灯光渐暗。众多江红的画面消失。东一楼，五号B带着行李，穿着旅行的服装，慢慢由北向南走过江红B身边。

5-3　分手

南——巴黎餐厅

餐厅老板、江红 A、五号 B、老客人、客人、街头艺人

南灯光渐亮。巴黎餐厅。只有两桌客人，每桌各有一个人。老板娘在柜台算账，江红 A 在整理桌子。

五号 B 从东走过来，站在门口片刻，把行李放下。江红 A 过来。

江红 A　其实你何必过来？直接在家门口叫出租车就好了。

五号 B　有办法的话我会回来找你的。

停顿。江红 A 跟五号 B 拥抱。

客　人　（回头向厨房）小姐，给我一点胡椒，好吗？（看见两人拥抱的画面）

江红 A　来了。

江红 A 进厨房，五号 B 趁机拿起行李，走出餐厅，开始以顺时针方向慢慢绕场。

穿着旗袍的年轻顾香兰 C 开始慢慢绕场，一边走，一边望着四周，好像一个许久没有上场的人物，做上场前的准备。

江红 A 带胡椒罐上，看着空桌子。

一盏聚光灯照在江红 A 的脸上。餐厅的其他灯光渐暗，整个南只剩下江红 A 一张脸，固定在时空之中。

5-4 旅行

西二楼；北、环绕、西北 / 西北二楼——上海海关

五号 A，医生 A，护士二；五号 B，旅客；上海海关一、二、三、四；顾香兰 C

五号 B 继续绕场。带着行李的旅客们从西南上，排列成一列队伍。飞机场的各种声音。顾香兰 C 也跟着绕场；她年轻、穿着旗袍，没有带行李，带着一分好奇，冷眼看着所有绕场的旅人。她尤其好奇地看着五号 B。

西二楼灯光渐亮，五号 A、医生 A 和护士二在二楼。

五号 A 假如我可以跟她……到最后……那会是多好，在那小小的阁楼……

停顿。

医生 A 可是你选择走下去。

五号 A 不知道为什么，不管是欧洲飞亚洲的飞机，或者是亚洲飞欧洲的飞机，大部分都是晚上飞。晚上的机场有一种梦幻的特质，旅客都像是梦里的人物，看得到他们身体的晃动，看不太到他们的脸。

上飞机之后，又是进入一种永无止境的夜，直到到达目的地为止，好像一个很长很长的隧道。

上海海关出现在西北。旅客开始在西排队，往西北过关。海关人员也在西北二楼巡逻。

我到了上海，终于到了上海。在我认识我太太的那一天，本来已经想好要到上海去工作、生活。绕了这么大一个圈，我还是来了。但是，我是来做什么的？我怎么说得清楚？……

五号B在队伍中，刚好排到海关。

海关一 （看着五号B的证件）来做什么的？

五号B 我？找人。

海关一 什么人？

停顿。

五号B 是这样，（拿出地址）我不晓得你能不能帮助我……

海关官员迷惑地看着地址。五号B脱离开海关区，站到西北。特殊的光在他身上，创造出一种疏离的时空感。五号B突然变成叙述者对观众直接说话。

好疯狂，让我从台北到巴黎，从巴黎到诺曼底，再到上海。我在找一个我不认识的人，一个我不知道还是不是活着的人。我手上只有一张三十年前的地址，而且是法文拼音，连她的名字、地址也都是法文拼音——Ku-ling Lu……HSIANG-LAN KOO，就算找到她，我要说什么？

旅客渐渐地过关。顾香兰C出现在五号B身旁，实实在在地、活生生地望着五号B，研究着他，但是又像一个幻想、一个回忆。五号A由西北上，跟着五号B的描述在寻找。

花了很多时间，终于找到牯岭路四号，但是那里十几年前就被拆掉了，在那里，我得到一个消息，关于一位会绘画的老太太。我找到浦东外滩的高楼，到古董字画商场、上海美术学院，最后问到了一位姓徐的退休教授，她专门研究中国女画家。我去拜访她，把画拿给她看……

叙述完毕，五号A上东二楼，五号B下。

5-5　徐教授

东二楼——徐教授家；环绕；南——上海病房

五号 A、徐教授；顾香兰 A、雪雪、五号 B；顾香兰 B、顾香兰 C

东二楼灯光渐亮。徐教授家。徐教授坐着，五号 A 拿着从诺曼底搬来的画上，拿画给徐教授看。徐教授一直看着画。

停顿。两人对看。

五号 A　（看签名）“KOO”。

徐教授　（上海话）顾香兰的画并不多。

五号 A　（听不太懂）“古——香——兰”？“顾——香——兰”？

徐教授　顾香兰。

五号 A　她姓……？

徐教授　（上海话）“古”。

五号 A　“古”？

徐教授　欸，顾。（在纸上写）

五号 A　哦，顾。哦。请问她现在在哪里？

徐教授　（上海话）听说她前一阵住在瑞金医院。

五号 A　（听不太懂）水……金鱼？

停顿。

徐教授 （重复）住医院……医院……瑞金医院……（在纸上写）

五号 A 哦……医院。我可以去看她吗？

徐教授 （上海话）她从来不见人的。你确定你要去看她吗？

五号 A 科——伊——我可以。

徐教授 （上海话）哦。

徐教授在纸上写。

五号 A 对，看，看她。我确定我要去找她。

徐教授 （上海话）这个人很古怪，不好搞的……

徐教授写一个地址给五号 A。

音乐起。同时南灯光渐亮。南已经变成上海病房。病房中只有一张床。顾香兰 A 躺在床上，一位八十多岁的老太太。她的看护雪雪坐在旁边的椅子上，年轻、时髦，头上戴着耳机，随着随身听的音乐摇摆。南纱幕后，穿着三十年代服装的顾香兰 B 非常缓慢地从高处向观众方向走过来，手里捧着一个茶杯。她一步一步缓慢地走下一个很长的斜坡。

像是一架飞机下降需要很长的航道行程，顾香兰 B、C 两位好像从遥远的地方准备下降到顾香兰 A 的回忆中，到这一出戏的故事中。

五号 B 手上拿着一张纸在右舞台病房门附近张望。一直绕场的顾香兰 C 在左舞台看着五号 B 和病房中的画面。

灯光渐暗。

第一部分结束
第二次中场休息

过场

如果是一天看完全本，这里到了晚饭的休息时间；如果是两天看完全本，这是第一天的结束。

如果是分两天演，这里有个小小的谢幕：医生 A、B 会同时出现在南左右舞台的楼梯上，向观众道晚安。

医生 A 五号的故事说到这里，要告一个段落。谢谢你们一起陪我听。

医生 B 时间晚了，祝大家有一个好梦，明天我们继续为大家演出。

医生 A、B 晚安。

说完后鞠躬，灯暗。

-第　六　幕-　寻找顾香兰

6-1　自他交换：继续说故事

西南——台北病房、南纱幕后——上海病房；环绕

五号 B、医生 A；顾香兰 A、雪雪、五号 A；顾香兰 B、顾香兰 C

一个人吸气、吐气的声音。

观众进场时，西南区纱幕前摆着台北病房的病床。医生 A 穿着便服，安静地站在五号 B 病床床脚，做深呼吸。

五号 B 突然醒来，呼吸声停。

五号 B　你在做什么？

医生 A　没有。

五号 B　你在呼吸。我听到你在呼吸。好大声。

医生 A　会吗？（摸着五号 B 的头）

五号 B　现在几点？

医生 A　已经过十二点了。我回去了。

五号 B　这么晚？你为什么不叫我？

医生 A　你睡得很好。

五号 B　你在这里待了两个钟头？就在那边呼吸？

医生 A　人总是要呼吸的。蛮好的。你休息吧，我走了。

五号 B　不行。点蜡烛。

停顿。

不说就算了，要说就好好说……

医生A点蜡烛，扶五号B起。

南纱幕后灯光微亮，隐隐约约看到上海病房中的老顾香兰（顾香兰A），以及她背后高处捧着茶杯，慢慢走下斜坡的年轻顾香兰B。五号A在病房门外徘徊。

说到……？

医生A 暴力、命运、艺术……

五号B 啊？

医生A 那个研究中国女性画家的老教授跟你说顾香兰还活着。

五号B 她劝我不要随便去找她。

医生A 为什么？

6-2　接近顾香兰

南——台北病房、南纱幕后——上海病房；环绕

顾香兰 A，雪雪，上海医生，五号 A；顾香兰 B，顾香兰 C；五号 B，医生 A

南纱幕后灯光亮。上海病房中，顾香兰 A 躺在床上，她的看护雪雪拿一个杯子给她。

顾香兰 B 继续在南纱幕后缓慢下斜坡。

顾香兰 A　（拿起杯子，喝，上海口音）怎么这么烫？

雪　雪　你不是说要热水吗？

顾香兰 A　我说要这么烫吗？你存心想把我烫死，是不是？

停顿。雪雪欲从顾香兰 A 的手中拿走杯子。顾香兰 A 不给她。

雪　雪　那……你不要热水。

顾香兰 A　我有说我不要热水吗？你们现在年轻人是怎么搞的？只有黑、白，只有烫死人或者是冻死人，中间没有任何层次吗？（上海话）层次到哪里去了？

雪　雪　你不要热水。

雪雪欲从顾香兰 A 的手中拿走杯子。顾香兰 A 不给她。

顾香兰 A　算了。将就吧。也将就够久了。有一天我会被你毒死，

然后顾香兰就终于死了。

雪雪已经没有在听。五号A在门外鼓起勇气，敲门。

雪　雪　谁呀？

雪雪去开门。五号A站在门口，呆看里面。

五号A　请问有没有一位叫顾香兰的老太太？

雪　雪　她在。

五号A看着顾香兰A。顾香兰A的眼神也慢慢注意到五号A，两人相看。停顿许久。

顾香兰A　什么事啊？

停顿。

五号A　我不知道。

顾香兰A　不知道？不知道就滚！没事滚。（五号A愣）滚！

雪　雪　（对五号A）伯母今天不太舒服。改天来吧。

五号A出门，雪雪关门。五号A呆站在门外。

顾香兰A　雪雪，给我加点凉水……

南灯光渐暗。

西南，五号B坐在他病床上对医生A说话。

五号B　我知道这个人不是很容易接近的，可是好奇怪，我们对看的时候，不知道为什么，我有一种很特别的感觉。

南灯光再亮起。上海病房第二天。五号A在走廊上徘徊，手上拿着一盒包装好的茶叶。

雪雪在听随身听，声音很大，她一边摇摆。

顾香兰A （哼法国香颂）雪雪，给我泡一杯咖啡……我今天想喝咖啡欧蕾，我可以教你怎么做。雪雪？

雪雪没有反应。

（大声）雪雪！！

五号A敲门。

雪雪！！你耳聋了啊！开门！

雪雪发现有人在敲门，去开门。五号A站在门口。

雪　雪 （对五号A）又是你。伯母，你朋友来了。请进，请进。

顾香兰A 哪个朋友？

雪　雪 上次来的那个。

五号A站进来一步。停顿。两人相看。

顾香兰A 小赤佬又来了。

五号A 伯母，我带了一个礼物给你，台湾来的茶叶。我是台湾来的。

顾香兰A 台湾来的没一个好东西。

尴尬的停顿。

你站在那儿干吗？柱子啊？

雪　雪 请坐。

五号A坐下。

顾香兰A 你到底是谁？什么事情，鬼头鬼脑的？

五号A （给名片）我是台湾来的。这是我的名片。我是做建筑的。

顾香兰A 做建筑跟我有什么关系？

五号A 我刚从法国来。我在诺曼底的城堡里看到了一幅画……那个城堡，好漂亮，它的绰号，“看见自己”，好迷人……（拿出城堡的酒店说明书）我带了这个资料给您，我想您会喜欢。

五号A把说明书拿给顾香兰A。顾香兰A看一会儿，还给五号A，五号A再拿给顾香兰A。

这座城堡现在变成一个观光旅馆，非常好，我想你会想知道……

顾香兰A （突怒，上海话）你哪里来的这些乱七八糟的东西？出去！你出去！

雪　雪 （引五号A出门）先生，今天不大方便。你先走吧。伯母今天身体不舒服。

雪雪送五号A出门。

顾香兰A 对，对，我身体不舒服，我每天都不舒服，你可以不用来了！我不舒服！（上海话）你称心如意了吧！

雪雪拿水给顾香兰A。

我要咖啡！

南灯光渐暗。

西南，五号B对医生A说话。

五号B 我又被赶了出来，可是在她看那些资料时，我发现她的眼光露出了那么一刹那说不出来的……感伤和怀念吧。我知道事情开始不一样了……

南灯光再亮起。上海病房第三天。雪雪在一旁睡觉。上海医生正在帮顾香兰A把脉。

顾香兰A （对医生）找不到吧？懂了吧？你就去写个报告，就说我死了，你就可以回家！

上海医生拿药给顾香兰A。

（上海话）啥么子？

上海医生 蓝色是给糖尿病，红色是给胃溃疡。

顾香兰A 那其他的怎么办？我还有很多毛病就算了？是不是？你给我安眠药，这样我们都好了。

上海医生 不是，你现在……

顾香兰A 帮我去买一包香烟。

上海医生 现在吃什么香烟？

顾香兰A （上海话）我给你钱，帮我去买一包香烟。

上海医生 乖乖吃药，不要啰唆。

顾香兰A 现在只要用钱就可以买到任何东西。所有人要的只是钱，一点层次都没有了！不然以为雪雪在这里干什么？还不是为了钱！听清楚，两位，（大声，上海话）我需要一包香烟！

上海医生 乖乖吃药。

五号A在门口敲门，手上拿着包装好的、从法国带来的油画。

上海医生开门，下。五号 A 自然进来。

停顿。

五号 A 伯母，拜托您，让我跟您说话。

五号 A 坐下。顾香兰 A 不语。

伯母，我病了很久，可是没有医生可以告诉我我生的是什么病。我剩下没有多少时间。前天你问我，我来有什么事，我真的说不出来，因为我真的不知道。我旅行到法国，一个吉卜赛人叫我去这个城堡，我就去了诺曼底，从那边，有一些指示把我指向你这边的方向。我不知道为什么，可是在我心中，我想你应该可以告诉我一些关于我自己……为什么我是现在的处境？

顾香兰 A 我？告诉你？我自己都搞不清楚自己！

五号 A 打开画的包装，把画拿给顾香兰 A 看。

沉默。五号 A 指画。

五号 A 我好想知道这画里面所有的事情，你的，还有这幅画里的男人。他是谁？

停顿。

顾香兰 A 他……曾经是我丈夫。

五号 A 他很帅。

顾香兰 A 那是因为我把他画得很帅！画都是虚构的！假的！空的！你懂不懂？（法文）Tu comprends（你明白吗）？

沉默。

五号A 伯母，跟我说，跟我分享您的生命。

沉默。

顾香兰A 你想听我的故事？

停顿。

那就答应我一件事情。把这幅画拿出去，把它烧了。

五号A 是。

停顿。

顾香兰A 然后晚上回来，带一根蜡烛。

五号A 蜡烛……？

顾香兰A 雪雪，送客。（转头发现她还在睡觉）唉，算了。

五号A 谢谢您，伯母，您好好休息。

五号A起身，把画收起来，下。

五号B和医生A下。

灯光渐暗。

6-3 “天方夜谭”二——进入上海

南——上海病房；环绕

顾香兰A、五号A；顾香兰B、顾香兰C；十里红、金姨、二宝、翠琴、媛媛、如玉、妙莲、萍香、宝霞

南灯光再亮起。上海病房当天晚上。顾香兰A坐在床上哼歌，五号A上，手里拿着一根蜡烛，顾香兰A起身，从矮柜抽屉里取出一个古董烛台。顾香兰B仍继续缓慢下斜坡；穿旗袍的另一个年轻顾香兰C开始以顺时针方向缓慢环绕着观众走。

五号A 好漂亮的烛台。是古董吗？

顾香兰A 差不多。

顾香兰A指示五号A坐在一旁椅子上，细心地把烛台放到矮柜上，再把蜡烛放上，点上。她开始说话的时候，有一点像是对烛台说。

一位远来的年轻人要我说出我的故事。我老了，快要死了，说不说没有什么差别，也不会造成世界的任何改变。

停顿。顾香兰A对着烛台，但不知道她在跟谁说。

我先说另外一个故事。

进入自己心思。

有一只美丽的小鸟，关在一个华丽的笼子里。她每天展开彩色的翅膀，让笼子外的人们看到就高兴。笼子外面的人都说：“你是全世界最漂亮的鸟。高兴吧？”可是那只鸟每天不快乐，总想脱离那个鸟笼。有一天，不知道为什么，鸟笼开了，她飞了！飞得好远好远，飞到一棵奇异的火红色的树上，累了，睡着了。第二天醒来，一看，她还在鸟笼里，但是鸟笼已经挂在一棵火红色的树上。她很伤心，但是一碰笼子的门，竟然笼门是开的！于是她又飞出去了，飞得好远好远，飞到一个紫罗兰色的山边。累了，又睡着了。第二天醒来一看，她又在鸟笼里面！但她发现笼门仍是开着，抖搂抖搂翅膀，又飞了出去，飞得好远好远，飞在黑色的海洋上面，突然发现翅膀上原有的色彩全都已经褪了。她叹一口气，一群野鸽子打她身边上方飞过，滑过天空，不留下任何痕迹。她飞呀飞呀，飞得累极了，但找不到可以落脚的地方，终于，她在海洋上看见漂着一片浮萍，她终于可以休息了，她使尽全力飞近，但飞近一看，发现漂在海上的仍然是个鸟笼……

停顿。

这故事没有结局。

沉默。

顾香兰A突然把蜡烛吹熄。灯光暗。

遥远的音乐起，五号A正在点蜡烛，灯光再亮，已经是第二天晚上。

顾香兰A 那个时候，我好年轻，二十岁都不到。你一定好奇，在一九三二年，一个洋人贵族在上海认识一个中国姑娘，然后娶她回法国，你一定以为这位姑娘必定家世显赫，跟他门当户对。是不是？

停顿。

那你就不清楚啰！我年轻的时候做什么的，你猜猜看？

五号A 您不是艺术家吗？

顾香兰A （笑）艺术？！艺术是骗人用的！

（摇头）我出生在哪里，自己都不清楚。我是在上海闸北一带被遗弃在街上的小孩。那是一个乱世，相信我爹娘是自己活不下去才会这么做。我很小就被带到一个窄窄的地方，学习琴棋书画和各种技艺，不是为了“艺术”，是为了男人。

我是做妓女的。怎么？第一次认识妓女？你不晓得，那个时候上海有十二万个妓女，我只是其中的一个而已。但我是顶尖的。顶尖的。

笛师在西二楼演奏。“天仙阁”的妓女们出现在南后方特殊光中，分别从病床两侧上，像是从一个时光隧道一样走出来散步，在南下舞台会合，再由观众席慢慢走向北妓院。

我们那叫“长三”堂子，最高级的，（上海话）没身份的人不能去的，（对五号A）没身份的人是不能去的，那是最高级的地方。我可是红透半边天的顾香兰！（上海话）顾香兰。大老板都排着队想见我。想见我一面都不容易！我的花头几个月前就排得满满的！

五号A 花头？

顾香兰A 唉……花头你都不懂？看你没见过世面啊。你看看，现在这个世界早就没有任何层次感。大家以为找妓女只是为了跟她睡觉。当年哪是这样的？我们卖的哪里是身体？我们卖的就是中国男人从古以来得不到的一种玩意儿，那个玩意儿叫作：（法文）L'amour。“爱情”。

好久的事，好像昨天一样。

南灯光渐暗。

-第　七　幕-　危险游戏

7-1　天仙阁——张老板做翠琴的花头

北——天仙阁大厅；环绕；东、东二楼

十里红、金姨、二宝、翠琴、嫒嫒、如玉、宝霞、萍香、妙莲、王先生A、张老板、钱老板、杨大少、马老板，保镖一、保镖二、茶水工；顾香兰B、顾香兰C、王先生B

北灯光亮。一九三二年上海天仙阁妓院。过去时代的华丽出现在我们眼前。妓院中家具古典，上方悬挂着灯笼，左右舞台各自摆放一个花瓶。左上舞台摆设一张洋式沙发椅及高茶几、台灯。

顾香兰B从东二楼继续捧着茶碗慢慢往北走。

顾香兰C继续绕场。

一位穿着西装的中年男子，王先生B，也开始绕场。他撑着拐杖，身体憔悴。

年轻丫头二宝在收拾东西。右侧舞台一阵喧哗，二宝从左下，保镖一带着张老板、钱老板、杨大少、马老板、王先生A从右边大门方向上。金姨招呼客人。

所有语言带着上海口音。

金　姨　欢迎……请进，请坐……

客人在沙发区坐下。二宝送干果点心给客人，再下。客人之中，大家都表现很熟练，都是老客人，除了王先生A第一次来，不自在，四处观看。

二宝、茶水工、保镖二随时穿插人群中。

张老板　（对金姨）这个……大姐怎么没看到？

金　姨　大姐？马上出来，马上出来。

张老板　这样啊，我跟你介绍一下，这位是南京路做丝绸的王老板的二公子。

金　姨　王老板？（对王先生 A）哦，你就是那个王老板的二公子。

张老板　第一次来。

金　姨　久仰。

张老板　今天带他来见识见识。

姿态老练而优雅的老鸨十里红带着艳丽的翠琴、嫒嫒、如玉和宝霞上，众妓女熟练地分别给客人送上漂亮的茶碗，然后站到他们身后。

十里红　哎呀！张老板！

张老板　哎呀！大姐！……

十里红　钱老板！杨大少！马老板！欢迎！欢迎！欸……这位先生是？

张老板　大姐，我来跟您介绍一下！这位先生是大马路彩大祥王老板的二公子啊。

十里红　大马路王老板的二公子？

张老板　今天第一次来。

十里红　欢迎欢迎……

二宝给王先生 A 一个破旧的茶碗，然后下。

（对王先生 A）最近生意可兴隆？

王先生 A 好。

十里红 好。大家吃茶嘛，吃茶。张老板！我们今天晚上都给您准备好了在翠琴的妆阁里做花头，我们知道您要来，大厨特别准备了一道您最喜欢的鲫鱼。

张老板 谢谢你！谢谢你！

十里红 翠琴，你下去安排安排打点打点啊。

嫒嫒、翠琴、如玉和宝霞向客人鞠躬，下。

张老板 是这样的，大姐，我上个礼拜在外头做的一个东，我有请香兰啊，还有嫒嫒一起过来，（指王先生 A）我们德宝老弟看了香兰是很欢喜，今天来这边，第一次嘛，来想说麻烦您给他稍微引荐一下。

停顿。

十里红 王先生你想见顾先生，是吧？是这样的，我们家香兰今天出局，待会儿就回来，请多多包涵。

张老板 顾先生很忙的。

金姨下。

十里红 第一次来我们天仙阁，好久没看到令尊了。他身体还好？

王先生 A 好。谢谢你。

十里红 令尊啊，一向是我们天仙阁最尊敬的客人了。

张老板 （对王先生 A）我们以前常来这边谈事情。

钱老板 谈生意。

马老板 对，谈生意。

张老板 今天第一次带你来这边看看，见识见识，（对十里红）好好招待他喔。

十里红 没问题。阿金啊……

十里红下。

张老板 好了，德宝啊，今天香兰出局了，也许等一下就回来了，不过我想等一下大姐会给你介绍另外一位。

王先生 A 另外一位？可是，我要见香兰啊！

钱老板 小老弟，你真是劝不听，真有你的。

杨大少 人家是初生之犊不畏虎。

王先生 A 啊？

张老板 不过德宝啊，如果你真的只要香兰，等一下那个先生来的时候，你不要喝她的茶就好了。

杨大少 看到没？人家在教你呢！

马老板 记得啊！

钱老板 德宝老弟啊，这香兰可不是省油的灯喔，不是普通人玩得起的。

王先生 A 啊？

杨大少 （对张老板）告诉他告诉他……

张老板 我们有一个朋友，老谭，前一阵子说要把香兰赎出来。

马老板 娶进门做小的。

杨大少 有有有……

钱老板 香兰说："你要把我赎回去，还要看我瞧不瞧得起你呢……"

马老板 结果你猜谭老板说什么？

张老板 "你以为你值多少？连我新的那台雪铁龙的轮胎都比不上！"

王先生 A 然后呢？

张老板 然后谭老板新的雪铁龙就被推进黄浦江里了。

王先生 A 谁干的？

众人笑。

张老板 巧合，巧合而已。

王先生 A 香兰？

钱老板 你不怕就好了。

十里红上。

十里红 来了……

二宝把破茶碗收起来，十里红带萍香从楼上下来。萍香手上端着一个漂亮的茶碗，给王先生 A，站到王先生 A 后面。客人互看。

这位是我们方先生，方先生啊，在我们天仙阁里面，唱功一流的……

尴尬的停顿。王先生 A 不喝茶。

场面僵住。

那……张老板，酒席已经在翠琴的妆阁准备好了，各位老板要不要上去用了？

张老板 （起身）当然……

钱老板 （起身）也是时候了。

众客人往楼上走，继续喧哗。张老板突然停下，客气地拦住王先生A。

张老板 呃……那德宝啊，你就先回去吧。

王先生A 啊？

张老板 你第一次来，没关系。下一次。走……

众往楼上移动，留王先生A在楼下。

王先生A迷惑地看着楼上。

保镖一站在门口等待王先生A下。王先生A下。

灯光渐暗。

7-2 杨大少做嫒嫒的花头

西北；北——天仙阁大厅、环绕、东二楼

王先生 B；十里红、金姨、二宝、翠琴、嫒嫒、如玉、妙莲、萍香、宝霞、王先生 A、张老板、钱老板、杨大少、马老板、教授、保镖一、保镖二、茶水工；顾香兰 B、顾香兰C

穿着西装、撑着拐杖一直在绕场的王先生 B 走到西北，向观众说话。他的声音沙哑，像是声带受过伤。

王先生 B 一个茶杯就代表一个人的身份。拿破破烂烂的茶碗，表示啥事都干不了。（对自己笑）没有关系，我可以慢慢等。他们笑我，说香兰不是普通人玩的，玩不起就别玩……

王先生 B 拄着拐杖继续绕场。北天仙阁灯光再亮起。二宝在收拾东西。右侧舞台一阵喧哗，二宝从左下，保镖一引张老板、钱老板、杨大少、马老板、王先生 A、教授从右侧大门方向上，动作、声音跟前一场几乎一样，客人多了一个个性古怪的教授。金姨招呼客人。二宝、茶水工、保镖二随时穿插人群中。

金　姨 欢迎……请进，请坐……

众客在沙发上就位，教授不坐，一直四处张望。

教授，您也来了！

教　授 你们这里变了。

金　姨　什么？

教　授　变旧了。

二宝送干果点心给客人，然后下。

教　授　阿金，你也变了。

金　姨　怎么？

教　授　变老了。

金　姨　啰唆得很！来来来……吃点干食！

十里红带翠琴、媛媛、如玉还有宝霞上，一阵喧哗，翠琴、媛媛、如玉还有宝霞各自上茶给张老板、杨大少、钱老板还有马老板，然后站到他们身后。二宝帮王先生 A 跟教授送上一个破旧的茶碗。

十里红　哎呀！各位老板啊！

张老板　大姐啊。

十里红　今天杨大少在媛媛的妆阁做花头，我们大厨应杨大少要求做了西餐。

钱老板　西餐！呱呱叫！

杨大少　好。

教　授　（酸）赶时髦。听不懂？崇洋！

金　姨　教授您真爱开玩笑，上次您在这里享用的那顿西餐吃得“金当光”！

十里红　（看到王先生 A）王先生，您又来了。

张老板　他第二次来。

十里红 是，我知道，吃茶。嫒嫒啊，下去把酒席摆一摆。

妓女们下。

杨大少 大姐啊，我说香兰今天是……？

十里红 真是巧啊，阿金你说对不对？香兰她今天又出局了。

杨大少 是是。

金　姨 香兰忙得很啊。

张老板 这么忙啊。

金　姨 你一定要见她吗？

沉默片刻。教授突然说话。

教　授 我们都退化了。我说这里面只有我们德宝老弟还像个人，还有真感情！所以他是我们之中唯一玩得起顾香兰的！其他人都不敢正眼看香兰，怕真感情被勾出来了，不小心变成人了！多可怕！

众笑。

金　姨 王先生你同教授很熟的吧？

王先生 A 第一次见面。

金　姨 难怪他这么说你，（指破茶碗）来，吃茶……

十里红 教授他爱开玩笑。

教　授 （举拇指）老弟，有真感情了不起！当然，他的真感情比不上顾香兰那么多！

金　姨 你多多包涵。顾先生一下就回来了。

十里红　这样好了，王先生，我帮你安排一个天仙阁新出来的倌人——妙莲。阿金好久没这么得意的学生了，（使眼神）阿金……

金姨下。

王先生，妙莲是我们天仙阁里最年轻的倌人，连蜡烛都还没点，我可是第一个就想到你呢。

钱老板　是啊，妙莲今年才十四岁，（指二宝）以前跟二宝一样是送茶水的。

二宝收拾茶杯，替客人添茶。

教　授　（酸）我说这德宝老弟啊，十四岁才刚刚出道的，这真感情虽然比顾香兰少，可难保以后不会越来越多的。

十里红　教授真不愧是教授，说的笑话都没人听得懂的。

教　授　别人听不懂没关系，你听懂就好了。

金姨带妙莲上，妙莲捧着漂亮的茶碗给王先生A，十里红起身，下。妙莲站到王先生A身后。停顿。

杨大少　小老弟，你看怎么样？不会比顾香兰差的。

钱老板　而且没有顾香兰的“风险”。

金　姨　钱老板您说这什么话？

停顿。王先生A不喝妙莲的茶，张老板故意大声喝茶。尴尬。教授终于打破沉默。

教　授　多尴尬的场面！这什么规矩？逼人家喝茶，人家要找顾香兰，那个真感情最多的顾香兰，你们还一直给人家推销，要推销到什么时候？

众客笑。十里红上。

十里红 酒席已经摆好了，请各位老板上楼吧。

一阵喧哗，所有人都站起来要走上楼，王先生A跟着走，张老板又把他拦住。

张老板 你先回去吧。

王先生A 又要我回去？

张老板 茶还没碰，你不能上去啊，回去吧。

众人上楼，留下王先生A一人。他迷惑地看着楼上。
保镖一站在门口等待王先生A下。王先生A下。
灯光渐暗。

7-3　钱老板做顾香兰的花头

西北；北——天仙阁大厅、环绕

王先生 B；十里红、金姨、二宝、翠琴、媛媛、如玉、妙莲、萍香、宝霞、王先生 A、张老板、钱老板、杨大少、马老板、教授、顾香兰 B、保镖一、保镖二、茶水工、顾香兰C

一直在绕场的王先生 B 又在西北，向观众说话。

王先生 B　我那段时间像是在梦游，一切是虚幻的，只有到天仙阁，人生才是真实的。我一定要认识顾香兰，那成为我生命中唯一的目标。

王先生 B 继续绕场。

北灯光亮。二宝在收拾东西。右侧舞台一阵喧哗，二宝从左下，保镖一引张老板、钱老板、杨大少、马老板、王先生 A、教授从右侧大门方向上，动作、声音跟前一场几乎一样。金姨同样地招呼客人。二宝、茶水工、保镖二随时穿插人群中。

金　姨　欢迎……请进，请坐……

众客人在沙发区坐下。二宝上场送干果点心给客人。教授上来后不坐，在后面晃。

吃点干食……王先生！您又来了。

张老板　今天香兰跑不掉了吧？

金　姨　什么话，张老板！

张老板　王先生今天是第三次了，香兰这次总该让你见到了！

十里红率众妓女上。

欸……大姐！

十里红　张老板！

众人寒暄。十里红看到王先生 A。

王先生。

王先生 A　大姐。

十里红　又见到你了，今天钱老板在香兰的妆阁里做花头。

钱老板　香兰准备好了没？

十里红　钱老板，你请多多包涵，香兰还没回来。

钱老板　香兰她还没回来？

十里红　马上就回来……香兰的妆阁已经在安排了，大家吃茶……这桂花糕跟核仁酥是最地道的。

张老板　哦。那我尝一个。好吃。

十里红　（对教授）教授吃点吧，这是最地道的。

教授拣干果吃，但是不说话。

杨大少　教授今天已经保证一句话都不说。

金　姨　怎么可能？什么原因啊？

杨大少　刚刚我们在外面跟他打赌，钱老板赌他没有办法一晚不说话。

钱老板 我就不信教授一个晚上都不说话。

张老板 我们都不相信。

金 姨 教授！我说你这场赌是输定了。

十里红 那真是可惜啊，我正好有一个问题要请教教授，看来今天是问不成啦……

张老板 什么问题啊？

十里红 我有一个朋友说中国人不会做甜点，我倒觉得我们的核桃酥、桂花糕比外国人的巧克力蛋糕好吃？

教授欲言又止。

教 授 这——

杨大少 咦？说了说了……

张老板 这不算这不算……

众笑。

张老板 教授最近愤世嫉俗，看什么都不顺眼。

金 姨 教授愤世嫉俗也不是一天两天的事情。

钱老板 话说多了火气大嘛。

张老板 我们让他一个晚上消消气，这样对身体比较好。

十里红 我看他今天晚上消了气，明天气就又会上来了。

钱老板 他绝对忍不住的。大家等着瞧好了。

杨大少 我说钱老板，今天一定是你赢。

钱老板 稳赢的。

教授转身，欲言又止。众笑。保镖一从右方大门处上。

十里红 回来了，我们香兰回来了……

从第六幕开始就一直在绕场的顾香兰C由右方环绕区直接进，脱大衣；保镖一接下她的大衣，下。王先生A在一旁看呆了，说不出话来。

顾香兰C （向钱老板鞠躬，腼腆地）钱老板，对不起，在路上耽搁了。

钱老板 香兰啊，我们等你等好久了。

顾香兰C 我马上上去准备一下，一会儿就下来。

十里红把顾香兰C拦住。

十里红 来，香兰，妈妈跟你介绍一下，这位是王先生。人家可是来了第三次才见到你的。

杨大少 王二少。

顾香兰C （向王先生A鞠躬）王二少。

十里红 香兰赶快给他换杯茶。

顾香兰C往左方上第二层，从第六幕开始，这一长段时间里一直捧着茶碗的顾香兰B已经越过东二楼，下到一楼，刚好和正上楼的顾香兰C错身而过。

王先生稍待一下啊。

王先生A呆看楼梯方向。
教授转头，又欲言，又止。
顾香兰B端着漂亮的茶碗，慢慢下楼，奉茶给王先生A。
灯光变化。王先生A像是掉入自己特殊的时空中，从顾香兰B手中接下茶碗，痴痴地望着服侍着他的顾香兰B。所有人都呈静态，好像时间停止了。

顾香兰B弯下身奉茶，王先生A接下茶碗这个画面定住在两人相看的一刹那中。许久。

灯光变回，时间恢复正常，顾香兰B下。

张老板　（向杨大少、钱老板）看到了吧，你看看眼睛……

杨大少　口水要接一下！

十里红　你看看王先生脸都红了。

钱老板　是啊，哈！

杨大少　小老弟？

张老板　你看我们香兰这不是给您换茶杯了吗？

王先生A仍然痴痴地望着顾香兰B的方向。

杨大少　老弟，喝茶啊。

张老板　茶都在你手上了。

钱老板　老弟，喝茶。来了三次了，该喝到了。

王先生A终于“醒”过来，喝茶。众笑。

金姨上，众人起身，王先生A跟着。

十里红　妆阁准备好了，请……

众喧哗，往楼上走。金姨拦住王先生A。

金　姨　王先生……

张老板　（对金姨）我来。（对王先生A）香兰这不是给你换茶杯了吗？你放心，你现在已经吃了一颗定心丸了，回去睡一觉，明天再来找她吧，回去……

王先生A 我还不能上去呀？

张老板 （用手制止王先生A）回去回去。

众人上楼，到东二楼顾香兰的妆阁。牌桌已经准备好了，众客坐下，开始打牌，只有教授一人站在楼梯上。王先生A拿起茶杯闻，教授下来对王先生A说话。

教 授 嘘……我可没说话喔，你不能说我说话喔——（指茶）这茶碗深不见底的。年轻人，我可没说话喔……！

教授上楼，大厅中留下王先生A一人。他迷惑地看着楼上作乐的画面。保镖一站在门口等待王先生A下，并指着王先生A手上的茶碗。王先生A把茶碗放在茶几上，下。

灯光渐暗。

7–4　王先生做顾香兰的花头

西北；东二楼——顾香兰的妆阁、北——天仙阁大厅；环绕

王先生B；十里红、二宝、王先生A、张老板、钱老板、杨大少、马老板、教授、顾香兰B、保镖一；伯爵、沈先生

东二楼灯光渐亮。顾香兰的妆阁里，左舞台一张床、雅致的台灯，右舞台是麻将桌。王先生A、杨大少、张老板、钱老板、马老板、教授正在打麻将，顾香兰B在一旁看。场面活泼、热闹。二宝穿梭其中，倒茶。十里红偶尔也会出现，寒暄。在过程中，北大厅中其他妓女偶尔会上、下。

一直在绕场的王先生B又在西北，对观众说话，边走边移动，到东北。

王先生B　我还不能上去。没关系，不过是个规矩，挡不住我，这些都是游戏，他们需要，他们不懂什么才是真的。反正有了这第一碗茶，我就有资格到她房间吃饭喝酒了。过了两个月，十里红就让我做东。听其他人说这算快的。从那一天开始，我就每天在她妆阁中做东，期待一件事发生：堂子的规矩很多，到倌人妆阁做东绝对不表示能够留下来过夜，我不在乎，我慢慢等，我每天能看到香兰，我人生就满足了……

东二楼王先生A盯着顾香兰B看，楼下的王先生B也看着楼上。二宝找机会偷偷地把王先生A挂在妆阁门口衣架上的外套及地上的鞋子拿走。众人继续打牌。

钱老板 德宝，该你了。

张老板 德宝，专心点。

杨大少 德宝是很专心啊！

钱老板 欸，德宝，你放炮。

杨大少 走了走了……

牌局结束。所有人站起来，结麻将的账。

教　授 唉！大家又退化了一个晚上！

杨大少 谁的荷包退化最多啊？走了！……

众人出妆阁门，边从衣架上取外套。

教　授 这感觉真好！唉！又荒废了一个夜晚！这种感觉非常合乎这个时代！

众人往楼下走，边穿外套，王先生A找不到自己的外套。

王先生A 奇怪，我的鞋跟外套怎么不见了？

众人停下来，互看。

杨大少 （对张老板）他连这都不懂？你这规矩都没教他啊？

张老板 德宝啊，我说你辛苦了两个月，今天真的可以留步了。

王先生A 啊？

张老板 你没有鞋子，你不能走。他们现在正忙着帮你找鞋子，你只好勉为其难在这儿过夜！

教　授（指着王先生 A）德宝老弟，真感情终于来了！

众笑，然后从大门方向由保镖一带下。顾香兰 B 已经在妆阁里床上等王先生 A。王先生 A 慢慢走到妆阁床边。顾香兰 B 已经在宽衣。

灯光渐暗。

王先生 B 从楼下望着楼上情景。

7-5　谈心

东二楼——顾香兰的妆阁；环绕

王先生 A、顾香兰 B；伯爵、沈先生、王先生 B

东二楼灯亮。半夜三点。做完爱，王先生 A 在床上坐起，穿上一件单衣。顾香兰 B 下床，走向桌子，准备点心。

伯爵开始绕场，跟在他后面的是翻译（沈先生）。

顾香兰 B　要不要吃东西？

王先生 A 起身，到桌旁坐下。在以下的对话中，他的语言带着一种脱节的天真。

王先生 A　我两个月前还不知道天仙阁是什么地方，今天……今天我……

顾香兰 B　（帮他夹菜）吃菜吧。

王先生 A　我不知道人生还可以有这样的感觉，我本来不认识你，可是突然我坐在这里，我不知道我还缺少什么……

顾香兰 B　吃饭吧。

王先生 A　你跟他们说的不同。他们说我会很惨。

顾香兰 B　那你为什么还来？

王先生 A　因为我不惨啊！我坐在这里我觉得我什么都得到了！我

一生没有比这再好的，怎么会惨呢？我没想到我们在一起两人可以这么……近。

停顿。

顾香兰 B 每个客人都可以这么近。

顾香兰 B 起身，站到窗边，望着窗外。

王先生 A 我不是每一个客人。你懂我在讲什么，别的客人绝对不是我这种感觉，这么近，跟他们说的都不同。你知道我的意思，刚才我们两个像是一个人，真的，我感觉我们是一个人，我了解你就是你了解我，你站在那儿就是我站在那儿。

香兰不语。

我知道你懂我的意思。香兰，从今天开始，我人生已经改变了，我已经不是原来的我。我会每天来，跟你在一起。我现在接下家里的事业，我会努力赚钱，把你变成我的。我做得到。

停顿。两人拥吻片刻。顾香兰 B 推王先生 A。

顾香兰 B 你回去。

王先生 A 啊？

顾香兰 B 以后也别来了。

王先生 A 为什么？你告诉我啊？

顾香兰 B 你不适合这里！

推王先生 A 出去。王先生 A 抵抗。

你出去啦，出去！

王先生 A 香兰，不是我不适合这里，是你不适合这里！

停顿。

顾香兰 B 推王先生 A 出去。

灯光渐暗。

7-6　恋爱

北；东二楼——顾香兰的妆阁；环绕

笛师、妙莲；顾香兰 A、五号 A、王先生 B；顾香兰 B、张老板、教授、钱老板、杨大少、二宝、保镖一、保镖二；伯爵、沈先生

音乐起。笛师、妙莲在北练习昆曲。

五号 A 推着顾香兰 A 在北，王先生 B 跟着。伯爵和沈先生继续绕场。

顾香兰 A　感受真奇妙，一种从来没有过的感受……就像他说的，我们像是一个人……

王先生 B　我知道她就像她知道我。

顾香兰 A　那是一种投降……我顾香兰这一辈子怎么会对任何人投降？

王先生 B　那是一种……

顾香兰 A　对自己的投降。

王先生 B　把自己放出来。

顾香兰 A　好可怕！

王先生 B　好过瘾……

顾香兰 A　好过瘾。我顾香兰这一辈子没有享受过的……

王先生 B　我每天去找香兰。

顾香兰A 那段时间，我们每天沉浸在欢乐的笑声中，和鲜花的香味里……

东二楼灯亮，音乐起。顾香兰妆阁内热闹的气氛，张老板、教授、钱老板、杨大少跟马老板又在打麻将。顾香兰B靠着栏杆，望着窗外。北灯光亮起。茶水工、保镖二带入王先生送来的花。二宝帮忙。二宝领保镖带花上东二楼。东二楼霎时花团锦簇。顾香兰B欣喜，下楼。

杨大少 谁送的花？

张老板 老钱，你送的啊？

钱老板 我送什么？哪个傻瓜花这么多钱买花？一定是德宝！

众老板喧哗。同时楼下，王先生A上，顾香兰B在大厅与他相会。

顾香兰B 怎么这么晚？

王先生A 家里有点事。

顾香兰B 怎么最近家里事情这么多？今天可是你做的东啊！你看看，人家都打了几圈了？

王先生A 我这不是来了吗？

顾香兰B 可是楼上那些……

王先生A 那些大老板交给我来解决。

二人深情对看，王先生A一把激情地拉住顾香兰B，又松开。二人上楼，入东二楼顾香兰的妆阁。

教　授 人类退化了！花好好地在树枝上，你把它剪下来干什么？多折腾？

杨大少　教授你不知道，这叫“罗曼蒂克”啊！

教　授　罗什么？不认识！

张老板　教授这你就不懂啦！

王先生A　（对众赌客）打了几圈啦？打完了没？

教　授　还差八圈。

杨大少　慢慢打吧。

王先生A　什么慢慢打？（给众人钱）吃红！这样八圈不是打完了吗？

张老板　德宝老弟懂事啦！

教　授　退化得好啊！

钱老板　唉哟！这真感情还真多哩！

众人被打发走，开心地离去。

王先生A送顾香兰B一匹布，顾香兰B和王先生A欣赏布料。

顾香兰B　好漂亮的花色！

王先生A　香兰，这块衣料是我们工厂最新的布料，你喜欢的话我就带回去给我们师傅做。

顾香兰B　要做旗袍啊？

王先生A　哎呀，香兰你怎么说外行话，做旗袍十二呎[14]就够了，这块布我给你剪十五呎，给你做洋装。

顾香兰B　差不多嘛！

王先生A　不可以差不多！这么外行，当家怎么办？来，我教你，你要用看就知道是几码。你看！这里先握着……你看，这里到这里是三呎……这样，就是十五呎了！

顾香兰B 不要做这个也不要做那个了，这块料子叫师傅给你做一套。

王先生A 帮我做什么？

顾香兰B 做西装。

王先生A 做西装？这怎么成呢？这么花！

顾香兰B 我看那画报上面，那些巴黎男人就是这么穿，很时髦的！

王先生A 这样好了，这块料子我们做了衣服一起穿。

顾香兰B 怎么一起穿？

王先生A 这样！

王先生A把布围在两人身上。

东二楼灯光渐暗。顾香兰A、五号A和王先生B在东北。

顾香兰A 花是奇妙的东西，正在盛开，同时也在凋萎。我正在享受爱情的同时，爱情也在离我远去。

王先生B 一个人一生中最重要的一天，竟然事后才知道。

顾香兰A 有一天，天仙阁把所有原来安排好的局都取消了。这种事从来没有过，原来是一个法国人要来。

王先生B 家里还有个重要的会要开。我不想回家，我想我如果去了天仙阁，他们还是会让我见香兰。可是那天是怎么了？我一直在马路上走，一直走，我哪儿都没去……

灯光渐暗。

-第　八　幕-　异国之恋

8-1 伯爵来访

北——天仙阁大厅、东北平台；环绕

十里红、金姨、翠琴、媛媛、如玉、妙莲、萍香、宝霞、二宝、教授、伯爵、沈先生、顾香兰 B、保镖一、保镖二；王先生 B；王先生 A

北灯光亮。气氛比平时紧张。二宝在收拾东西，金姨在替妙莲、如玉检查仪容。十里红比平常紧张地检查摆设。东北左舞台暗处，教授静静地坐着，没有被他们发现。王先生 A 在绕场。

十里红 快点，快点，好了吧？

如 玉 干吗多戴一条链子啊？

十里红 叫你戴你就戴，不要啰唆。（指翠琴跟宝霞）张老板送你们一人一套洋装，还不赶紧去换。

翠 琴 妈妈，洋装换了，头顶要怎么戴？

金 姨 来不及了。

十里红 好，就这样了。哎呀！这个花瓶怎么放这里呢？

茶水工搬花瓶到正确的位置，翠琴上。

翠 琴 妈妈，等一下是不是就全都不做生意了？

十里红 是啊。

翠 琴 那张老板叫我的局就取消了？

金　姨　改期，改期。

萍　香　我看那王先生今天大概也来不成了呀！

媛　媛　天天来，天天来，让香兰放假一天不好啊？

如　玉　香兰哪舍得放一天假啊？她要天天看着王德宝，天天看！

萍　香　香兰，你不是眼光挺好的，这回怎么看上这种人？

媛　媛　对啊，连谭大老板她都不要，偏偏看上这个丝绸铺的小开。

翠　琴　香兰就是眼光高啊，要最特别最好的，谁她都看不上，但我看那个王先生啊……

顾香兰B拿烟往翠琴身上丢过去。

顾香兰B　大家是怎么搞的？吃了蛤蟆加大蒜膏了是不是？二宝，拿香烟来！浪费了一根烟，真可惜。

顾香兰B下。

众　人　哟！生气了！

十里红　好了，差不多了，上去准备啦，人家马上就来了。就这样子了！

金　姨　哎呀！就这样子了！上去，上去。

妓女们下。

十里红突然发现坐在暗处的教授。

十里红　哎？教授，你怎么跑进来的？

教　授　（有一点醉意）我哪有跑进来？我是走进来的！

金　姨　你看！他又混进来了！你怎么没有看到外面写得清清楚楚

的“今天不做生意”！

十里红 谁让他进来的？

金　姨 （对二宝）叫你把大门关上！去去……

二宝下去关大门，十里红拉教授，请他出去。

十里红 好了，教授……（请他出去）

教　授 我不走！二宝上茶！

十里红 （对金姨）喝醉了。

教　授 今天不是有洋人要来吗？

十里红 谁跟你说的？

教　授 那正好，今天可以让我证实我的“退化论”！

金　姨 不要闹了！

教　授 我要好好看一看，为什么一个洋人来，我们中国人就可以对外打烊不做生意了？他到底是哪一点比我们强？说准确一点，他是哪一点比我强？

金　姨 你最强，好不好？（拉他）教授你先出去！出去！

二宝端茶上。

（对二宝）二宝！不要上茶，不要上茶！

十里红 （对二宝）哎呀，二宝，茶给我。教授，让你喝口茶，就请你慢走，好不好？

十里红拿茶给教授。教授呆住。

快一点啊！

教授喝完茶，将茶杯一扔，仿佛清醒过来。他一手抓住十里红，让十里红坐下。

教　授　（突然严肃而浪漫）小红，你这一口茶让我鼓起勇气跟你说一句话，证明给你看我彻底退化了……

停顿。

我爱你！嫁给我吧！

金　姨　唉啊！不要闹了！教授！出去，出去！小龙！

茶水工、二保镖上。

出去，出去！

教　授　我是没有钱，但是我有真感情的，我爱你！……

金　姨　出去，出去！

茶水工、二保镖将教授抬下，十里红站起转身看他被抬走。

沉默片刻。其实受感动的十里红收拾情绪。

十里红　唉……阿金……

金　姨　好了，好了，不要再说了。

十里红、金姨喘一口气。

门铃声响。

保镖一　客人到。

十里红　哎呀！来了……

金姨下去开门。一阵混乱。

金姨带一直在绕场的沈先生跟伯爵上，十里红在门口接应。沈先生是法国领事馆的中国雇员，穿着整齐的西装。伯爵是法国贵族，西装、首饰都非常讲究。以下语言规则与前任何一场双重语言出现的场景相同，虽然嘴里说的都是中文，但是需要靠翻译才能够沟通。

金　姨　请进……欢迎……

沈先生　（对十里红）你是……十里红，是不是？

十里红　沈先生是吧？

沈先生　是是。（介绍）这位是我们法国领事，亨利·杜象先生。（对伯爵）她就是老板娘。

伯　爵　（礼貌地向十里红点头）老板娘……

沈先生　（对十里红）他不会说中文。

十里红　（有一点尴尬）我们……应该怎么跟他打招呼？

沈先生　没关系，跟他握手就好了。

十里红伸出手，伯爵拿起她的手，亲。

十里红　这……？

沈先生　（对伯爵）他是金姨。

伯　爵　“金——鱼——”？

金姨伸出手，伯爵拿起她的手，亲。

沈先生　这是他们一般向女性问好的方式。

十里红　跟电影里头一样。

金　姨　我们应该怎么回礼？

沈先生　都可以。

十里红 （对沈先生）那你帮我翻译。（对伯爵，过度礼貌）在这个春意盎然的下午时刻，欢迎亨利先生今天来光临我们天仙阁，您的到来，使我们心里万分欢喜，使我们天仙阁蓬荜生辉！

伯　爵 （对沈先生）她说什么？

沈先生 她向您问好。

伯　爵 （对十里红）谢谢。

沈先生 他说谢谢。

十里红 我们要不要……？（引大家往大厅沙发）来，请坐……沈先生啊，请亨利先生坐这边。

伯爵脱大衣、帽子，二宝接下。

嫒嫒、翠琴……阿金，去叫一下。

金姨起身，到楼梯口看一下。

伯　爵 （小声，对沈先生）现在在做什么？

沈先生 没事。她们在给我们准备上茶。（对十里红）两位，亨利先生不只是一位外交官，他也是一位贵族。

十里红 贵族？

金　姨 那真是身份不同。

伯　爵 （小声，对沈先生）他们说什么？

沈先生 （对伯爵）我在跟他们说您是一位贵族。

十里红 （对伯爵）亨利先生第一次来？

沈先生　（直接替伯爵回答）是，他第一次看到这种……（找词）场合。其实我也是第一次。一切是不是都……安排好了？

十里红　那当然。

金　姨　当然。

翠琴、媛媛手里捧着茶碗上，分别送给伯爵跟沈先生，然后站在他们后面。

十里红　喝茶……这位是翠琴，这位是媛媛。

金　姨　喝茶……

沈先生　（对伯爵）喝茶……

伯　爵　谢谢你。

沈先生　（对十里红）他说谢谢你。

他们喝茶。伯爵好奇地看着一切。

（对伯爵）注意，他们拿给你的是好茶杯。

伯　爵　是，非常精致。

沈先生　你没听懂我意思。（掩嘴，对伯爵）通常第一次来的客人不会给这种杯子。

伯　爵　什么意思？

沈先生　等一下再跟你说。

翠琴跟媛媛鞠个躬，往下。伯爵望着她们离开，感到疑惑。

伯　爵　怎么走了？

十里红　（察觉伯爵的疑惑）怎么回事啊？

沈先生 （对十里红）他说干吗走了？

十里红 （对翠琴跟媛媛）回来。

翠琴跟媛媛站回原位，望着十里红，面面相觑。

伯　爵 请她们坐嘛。

沈先生 这时候她们习惯站着。

伯　爵 没关系，坐。

十里红 （对沈先生）怎么样啊？

沈先生 （对十里红）他说请她们坐。

十里红 （对翠琴跟媛媛）坐下。

翠琴跟媛媛更疑惑了，她们看了十里红，分别坐到伯爵的左右。

（对伯爵）沈先生啊，请您告诉亨利先生，因为现在是下午时间，而且才过端午不久，我们大厨特别准备了一套江南点心，相同于《红楼梦》里头一套著名的佳肴，有松穰鹅油卷、藕粉桂糖糕，还有富贵醉鸡。

停顿。沈先生不知所措地站着，伯爵看起来有点着急。

伯　爵 （对沈先生）她说什么？

沈先生 （对伯爵）呃……等一下有东西吃。

伯　爵 （对十里红）谢谢。

沈先生 （对十里红）他说谢谢。（想起刚才没有说完整，对伯爵）还有，吃的……跟中国古典小说有关。

伯　爵 太好了。请你跟他们说，我对中国文化有深厚的兴趣。

沈先生　（对十里红）他的意思是说他……（想不出怎么翻译）对文化交流很有兴趣。

伯　爵　我喜欢收藏古董。

沈先生　（对十里红）他……喜欢老东西。

十里红　沈先生啊，请你告诉亨利先生，在我们天仙阁这么多美丽的先生里面，我们今天特别挑选了翠琴先生来陪伴亨利先生。

伯　爵　（对沈先生）什么？

沈先生　（对伯爵，指翠琴）等一下这个会陪你睡觉。

伯　爵　哦。

停顿。伯爵略为拘束。

十里红　翠琴是我们这里顶红的先生，唱功一流的！昆曲啊、弹词啊，都是出自名师教导的！

伯　爵　（对沈先生）怎么样？

沈先生　（对伯爵）她会唱歌。

十里红　亨利先生对我们的安排满不满意啊？

沈先生　（对伯爵）他问你这样安排你满不满意？

伯　爵　啊？（停顿）满意，满意，很好……

伯爵客气地瞄翠琴一眼，眼光又回。

停顿。

十里红　阿金，请香兰下来。

金姨起身，下。

翠琴啊，你先下去吧。

停顿。翠琴因为被拒绝而显得不太高兴，但很快行了礼，收回茶杯，下。

伯　爵　（惊讶，对沈先生）怎么了？怎么又走了？

沈先生　她们觉得你不满意刚才那个女的。

伯　爵　怎么会？她……（自语）她怎么知道……？

金姨领顾香兰B上，顾香兰B端着茶碗一步一步走过来，伯爵看着顾香兰B，看呆了。

灯光变化。像王先生一样，伯爵像是掉入自己特殊的时空中，从顾香兰B手中接下茶碗，痴痴地望着服侍着他的顾香兰B。所有人都呈静态，好像时间停止了。

伯爵接下茶碗这个画面定住在两人相看的一刹那中。许久。好像一刹那被拉长了。

灯光变回，时间恢复正常，顾香兰B上完茶，往楼上走，伯爵跟在她后面。

十里红　沈先生，那我们是不是就上楼了？到香兰的妆阁去吃酒。

沈先生起身，将十里红拉至一边耳语。

哦。没问题，那就让亨利先生跟我们香兰到香兰的妆阁，我们其他人就到媛媛的妆阁去吃酒好了。

媛　媛　妈妈，第一次来，你就这样让他……？

十里红瞪媛媛一眼。灯光渐暗。

8-2　“醉鸡”

东二楼——顾香兰的妆阁、环绕、东一楼神秘空间

伯爵、顾香兰 B；王先生 B；王先生 A

东二楼灯亮。顾香兰 B 在帮伯爵夹点心。伯爵入迷地看着香兰的一举一动，然后看着房间雅致的布置，尤其是墙上的一幅蝴蝶画。两人听不懂彼此的话。

王先生 B、王先生 A 继续环绕，王先生 B 有时站在东，看着楼上。

伯　爵　（指墙上的蝴蝶）你画的？

顾香兰 B　什么？

伯　爵　你……你画的蝴蝶？

顾香兰 B　什么？对不起，我不会讲法文。（夹一块鸡肉）来，试一试这个，这个是鸡肉。不晓得你爱不爱吃。

伯　爵　真是精致。令人想到宋代绘画。

顾香兰 B　啊？

顾香兰 B 帮伯爵拉椅子，伯爵也帮顾香兰 B 拉椅子。

伯　爵　这让我想到中国有一个哲学家……哲学家……

顾香兰 B　啊？

伯　爵　叫作（发音不准确）庄——子——。庄——子——。

顾香兰 B （学声音，不知道意思）庄——子——？

伯　爵 他梦到自己变成一只蝴蝶，然后想，会不会是蝴蝶梦到变成他？

顾香兰 B 啊？（指食物）鸡。吃鸡。

伯　爵 我现在就是这种感觉。有一个亨利，他过着非常单调而不快乐的日子。他是不是梦到自己走进这个不可思议的华丽地方，被不可思议的艳丽围绕着？还是说，会不会是亨利的生命本来就是多彩多姿，是他不小心梦到那不快乐的他？

香兰看着伯爵，不明白他的意思。

你很美。你知道吗？不可思议。

顾香兰 B 什么？要不要喝汤？

伯　爵 像法国里牟吉[15]做的瓷娃娃一样，那么的精致。

顾香兰 B 什么？对不起，我不会讲法文。（夹一块鸡肉）来，试一试这个，这个是鸡肉。不晓得你爱不爱吃。

伯　爵 你的眼睛……你的脸颊……我好想摸……

伯爵欲摸顾香兰 B 的脸颊，手又收回。

顾香兰 B “醉鸡”……这个叫“醉鸡”。要花一整天用酒腌。这是我们大师傅今天特别做的，做给你吃的。

伯　爵 你根本不知道我在说什么，我可以跟你说我现在得了黑死病，或者说我刚到西安盗墓，挖出十个货柜的文物，还没洗手，你也会照样坐在这里陪我吃饭。

顾香兰B （指鸡，慢慢念）鸡——醉——鸡……怎么跟你说？

伯　爵 你一直会这么遥远吗？我不相信你一定一直会这么遥远。我们可以很接近。接近……

顾香兰B （比）要不然你用叉子吃也行啊……

伯　爵 吸引我的是不是你的遥远？……

顾香兰B （看着他）这个男人长得真的很奇怪。高高的鼻子，粉粉的皮肤，眼睛像海水的颜色。居然不会拿筷子！（起身）我们有刀叉……我去帮你拿……

顾香兰B起身，伯爵把她拉住。

伯　爵 坐下。

顾香兰B坐回。

我不饿。我们现在不要再吃了……我们聊聊天……聊——天——

顾香兰B （指鸡）醉——鸡——

伯　爵 （学她的声音）醉——鸡——？

顾香兰B 醉——鸡——！来，吃一块。

顾香兰B喂伯爵吃。

伯　爵 什么东西啊？

伯爵吃。

（表示好吃）嗯——

顾香兰B （学他的声音）嗯——

伯　爵 真好吃！好——吃——

顾香兰B （学他的声音）好——吃——？

伯　爵 看起来真难吃。

顾香兰B 醉——鸡——

伯　爵 （学她的声音）醉——鸡——是鸭子？

顾香兰B 鸡——

伯　爵 鸭子？（比）“呱呱……”是鸭子——？

顾香兰B （跟着比，点头）对！鸡……鸡！

伯　爵 （点头肯定）鸭子！

二人愉悦。灯光渐暗。

8-3　点蜡烛

东二楼——顾香兰的妆阁；北；环绕

伯爵、顾香兰 B、十里红、金姨、二宝、沈先生；五号 A、顾香兰 A；笛师、宝霞；王先生 A；王先生 B

王先生 B、王先生 A 继续绕场。

北灯亮。顾香兰 A 和五号 A 坐在妓院沙发上。

顾香兰 A　那天违反了堂子里所有的规矩。这个法国人有他的特权，不用经过那一大套规矩，直接就可以跟我睡了。但是他很有意思……（笑）他不知道哪里听来的，听说我们堂子里如果是先生的第一夜，妈妈会替她点起一根蜡烛。他觉得很浪漫。

五号 A　给你点蜡烛？可是你不是……

东二楼灯光再亮起。伯爵和顾香兰 B 吃完了，准备上床。十里红、金姨和沈先生在妆阁门口沟通，嫒嫒倚在门边看。

同时东一楼神秘空间中灯光亮起，笛师吹笛，妓女翠琴练习舞步。

以下过程中，二宝带一个烛台上，十里红点上蜡烛，放在顾香兰 B 床头。

众下，只剩下顾香兰 B 和伯爵。

顾香兰 A　我当然不是！所以才好玩！他还找那个沈先生来翻译了半天，结果弄清楚他的意思，就如了他的愿，给了他要的。

五号 A 他要什么？

顾香兰 A 点蜡烛！那一个烛台对他非常重要，事后他一直叽里咕噜地跟我说话，我只听懂一个意思，就是“第一次，第一次”。

楼上，顾香兰 B 已经脱下衣服，上床，伯爵在床边看着蜡烛。

我就指他，表示是他的第一次，但是他一直指我，好像特别珍惜跟我的这一次，好像他多么地渴望我的第一次就是那一次。

五号 A 这老外真的很浪漫。

伯爵在床边吹熄蜡烛。王先生 A 下。

顾香兰 A 可不是吗？他走的时候，还把那个烛台带走了。

五号 A （指顾香兰 A 旁边的烛台）就是？

顾香兰 A 不语。

顾香兰 A 那天晚上我心里一直在想着德宝。他到哪儿去了，他为什么没来呢？接着这段日子，亨利每天带我出去玩，买衣服、坐汽车、拍照，热闹得不得了，他白天带我出去玩，晚上也陪我一起回来。德宝简直都排不进来了。

灯光渐暗。

8-4 访谈

东二楼——顾香兰的妆阁；环绕、东一楼神秘空间

顾香兰 B、十里红、金姨、二宝；笛师、宝霞、萍香、翠琴、媛媛、如玉、妙莲

东二楼灯亮。顾香兰的妆阁里有一些王先生 A 送的东西，珠宝、相片、洋装。深夜，顾香兰 B 正在画画。

东一楼神秘空间中，萍香上，与翠琴一起练舞步。众妓女陆续隐隐约约出现。

王先生 B 站在楼下往上看。

金姨跟十里红进顾香兰的妆阁。

十里红 香兰啊……

顾香兰 B （起身）妈妈。

十里红 画画啊？

十里红把顾香兰 B 画的画拿起来看。

画得顶不错的。哟……画的是你自己吗？

顾香兰 B 不语。媛媛在妆阁门口偷听。

画得还真不错啊。

金　姨 是啊。

顾香兰 B 妈妈、金姨，这么晚了，有事吗？

十里红　来看看你。你最近这么忙，我们很少有机会跟你聊聊天。这花真漂亮！伯爵送的啊？

顾香兰 B　不是，是王德宝送的。

金　姨　（拿起一件衣服）这件衣服式样真新，还是伯爵的品位高！蛮好的！

顾香兰 B　这也是王德宝送我的。

十里红　其实香兰啊，王先生对你这么好……

金　姨　我们有一点担心。

十里红　不能太认真。

顾香兰 B　不用担心。

十里红　妈妈要保护你。

顾香兰 B　他准备帮我赎身。

停顿。金姨跟十里红互看。

金　姨　喏，这就是我们担心的！

十里红　他跟你说过吗？

顾香兰 B　他说过些日子要跟你们提。

十里红　香兰，不要太认真。他没这能力。

顾香兰 B　啊？

十里红　他们家生意快做不下去了。

顾香兰 B 愣。

金　姨　他家里每天多少人来讨债啊！钞票都吐不出来了！

十里红 端午都过了快一个月都还没收到王先生上一季的钱，家里的生意都照顾不了，哪能照顾你呀？我说人家用什么帮你赎身？

顾香兰B不语。

金　姨 他这样哪里是对你好？他又不是不知道照规矩如果客人不给钱，倌人要负责的？还花那么多钱买花，这就不对嘛……

十里红 今天开始，我们不能让他再进天仙阁了。

顾香兰B站起来，把更多首饰拿出来，放在她们面前。

顾香兰B 这些东西你们通通拿去啊！全部拿去！这债就算在我头上！这本来就不是我的东西！我不要这些东西！

十里红 （劝阻）我说香兰啊……

金　姨 这就不对了！你看看！你脑筋都糊涂了！伯爵送你的东西，你拿来抵王先生的债，这是在帮王先生赎身，不是帮你自己赎身哪！

十里红 这也是妈妈今天找你的原因。

顾香兰B 这些不够是不是？还差多少？

金　姨 钞票是小事情！最重要的是你的感情，我们最关心啊。

十里红 都会过去。感情也会过去。这花开，花也会谢嘛！不要太认真。

停顿。

香兰啊，你那么聪明又那么漂亮，多听妈妈的话，好好

服侍伯爵……

好了，没事了。阿金……

两人下。

顾香兰 B 一人站在窗口，望着窗外。

灯光渐暗。

8-5 斗心

东珠帘后——妓院秘密区、北——天仙阁大厅；环绕

翠琴、媛媛、如玉、妙莲、萍香、宝霞、十里红、二宝、金姨；茶水工、王先生 A、伯爵、顾香兰 B、保镖一、保镖二；王先生 B；顾香兰 A、五号 A

东神秘空间亮起。媛媛、翠琴、宝霞、如玉、萍香、妙莲坐着。因为透过一层帘，妓女们的人影模糊出现，给人一种偷窥隐秘空间的感觉。

顾香兰 A、五号 A 仍在北天仙阁大厅。王先生 B 继续绕场。

萍　香　不晓得香兰那个王先生是怎么了？

翠　琴　听说生意做垮了，那老爷又赌得厉害……

萍　香　那香兰？

媛　媛　还是香兰最厉害。

如　玉　没错！看那丝绸铺王先生不行了，马上就巴上伯爵。

十里红跟金姨从东南内门上，保镖二跟，又下。

翠　琴　这伯爵还真强，爱怎样就怎样！

媛　媛　我们堂子什么规矩都没有了！

金　姨　干什么啊？说话这么大声？

媛　媛　本来就是！那个王先生没给钱怎么算？总不能什么事都由着香兰吧！

翠　琴　妈妈啊，你要说句公道话！以前我的客人欠个一块两块的，你把我身上打的……现在香兰的钱都可以欠着不给了？

媛　媛　车子说来就来，人说走就走……

翠　琴　别人的局都让我们出，我们忙都忙死了。

十里红　（打了翠琴一个耳光）我说翠琴啊，你知不知道妈妈跟金姨今天去干什么？我们是去交保护费。他们不收了，你晓得吧？

金　姨　不收了！为什么？还不是因为香兰！香兰接待伯爵大人就不收保护费了。

茶水工上。

茶水工　妈妈，那位王先生来了。

十里红　让他进来好了。（对妓女们）好了，听妈妈的话不要大惊小怪的……

金　姨　不要再说这些了！

茶水工带十里红与金姨由东北内门下。

萍　香　又是王先生？这人有什么毛病啊？

媛　媛　他哪里有毛病？他爱香兰！

翠　琴　爱！

如　玉　什么是爱？

翠　琴　我知道！爱！嫒嫒！我好爱你啊！（两人笑闹）我现在是乞丐了，可是我好爱你啊！

如　玉　香兰爱的是那洋猴子。

妙莲　（突然发言）你们都错了！香兰爱的是王德宝！

众人惊讶妙莲开口发言，起哄调笑。

如　玉　外国人比较强！强！你懂不懂？

翠　琴　妙莲妹妹，就像教授说的啊，外国人比较强，多学学啊！

北妓院大厅，保镖一已经带王先生A上。十里红和金姨面对他。

金　姨　不好意思，王先生，如果你有什么好消息，赶快说，要不然，我们是很忙的。

王先生A　两位大姐，我就直说了，我是来找香兰的。你们不了解，我这一段时间，我，我是不能没有香兰的！

金　姨　哦，还是香兰，是不是？顾先生最近很忙，时间都排满了。我们这里有这里的规矩，王先生你做生意的，应该最了解。

王先生A　请放心，大姐，我们公司没有问题。下礼拜我会来把账清掉。

十里红　王先生，你家都破产了，我是不晓得什么叫破产，但是下礼拜如果问题可以解决，我十里红明天就能开银行了。

金　姨　你了解我们的规矩，客人不给钱，倌人要负责的。

王先生A　开玩笑！我怎么可能让香兰付？

金　姨　这有什么关系？香兰最近很有钱！

王先生A气冲冲地看着金姨。

伯爵带着顾香兰B从外上，从他们面前走过。顾香兰B意气风发穿着华丽，伯爵手上拿装点心的袋子。沈先生跟在后面。

伯　爵　（发音不准确）油——墩——子？

顾香兰B　油墩子。

王先生A　香兰……香兰……！

伯爵带着顾香兰B上楼，往香兰的妆阁。香兰看王先生一眼。保镖一、二冲上。

十里红　（对沈先生）请伯爵先上楼……

金　姨　（对保镖）把他带走！

王先生A　香兰，我会想办法的！

十里红　王二少，没钱谈什么恋爱！

王先生A被两保镖架出去。东珠帘后，众妓女仍神秘地坐着。沈先生带伯爵上楼，顾香兰B仍看着王先生的方向。

金　姨　（推顾香兰B上楼）香兰，没你的事，不是你什么人……

二宝收茶杯。

北，顾香兰A在和五号A说话。

顾香兰A　花开，花会谢，妈妈讲的没错。可是感情的花谢了，花香还在心里，散不掉。

灯光渐暗。

8-6　求婚

东二楼——顾香兰的妆阁；东

伯爵、顾香兰 B；翠琴、媛媛、如玉；王先生 B、王先生 A

东二楼灯亮。伯爵在床上坐起，穿衣。香兰在桌子旁准备宵夜。
东神秘空间亮起。媛媛、翠琴、如玉整场端坐着不动。

顾香兰 B　吃点小笼包，这是上海点心，来，小笼包，（指）小——笼——包——

伯　爵　不吃东西了，不吃东西了，（比）不——吃——

顾香兰 B　你不喜欢啊？那吃蒸饺好了。（指）蒸——饺——

伯爵坐到桌旁。

伯　爵　香兰，跟你相处的日子我不知道怎么形容……

顾香兰 B 迷惑的表情，听不懂。

顾香兰 B　你不想吃，怎么了？

伯　爵　我要告诉你的是这几个星期太疯狂了！啊……（对自己）我要怎么说？

顾香兰 B　他在讲什么？跟以前不太一样。

伯爵拉着顾香兰 B 的手，认真地对她说话。他知道顾香兰 B 不能听懂他很多的话，但是他非常严肃地开口。

伯　爵　香兰，你心中有没有什么感觉？对我的感觉？

东，王先生B在东北，王先生A在东南，两人慢慢往中央靠近。

顾香兰B　你不舒服？（比）发烧吗？

伯　爵　对对对，我发烧了，（把香兰的手贴在胸上）我很热，我真的发烧了。你爱我吗？（顾香兰B迷惑地看着他）爱——爱——爱——（努力地让她了解）我——爱——你，我——爱——你——

顾香兰B仍然迷惑地看着伯爵，但是在她的迷惑中，她似乎感觉出伯爵的意图，因而心中情绪掺杂着焦虑、困惑，和一种深层的兴奋。

（继续解释）爱就是兴奋，快——乐——（双手指自己）我——快——乐——因为（双手指自己）我——爱——（双手指她）你——

顾香兰B　他今天怎么了？

伯　爵　香兰，跟我走，跟我回法国。

顾香兰B　我听不懂你在说什么。

伯　爵　（流畅地，从内心流露出来地，一边比手画脚）法国跟上海完全不一样，你会住在漂亮的房子里，我有一个很大的城堡，比这个地方大一百倍，后面有一个湖，一个很漂亮的湖，那是我全世界最心爱的地方。跟我去法国，跟我去巴黎，香兰，你自由了！懂不懂？自——由——！自——由——！

顾香兰B看着伯爵。

顾香兰 B　他要带我去法国？

伯　爵　（双手指远方）法国。

顾香兰 B　什么？他要带我去法国？（摇手）不可能。

伯　爵　你担心什么？你担心妈妈阿姨？没关系，我可以帮你解决一切……

顾香兰 B　不可能。

伯　爵　你一定没听懂。我有钱，我可以帮你解决！

伯爵拿出裤子口袋里的皮夹做比喻，把钞票放在桌上。

钱——钱——钱——我有很多很多钱——（指远方）跟我去法国，跟我走。你自由了！

香兰拿起伯爵的皮夹，在皮夹中找出一张伯爵的全家福照片。

顾香兰 B　（指）这个人是谁？这两个人是谁？你不是有老婆吗？你的老婆呢？你不是有小孩吗？你的老婆怎么办？小孩怎么办？

伯　爵　（挥手）没有，没有他们，我会处理，我会安排一切。

顾香兰 B　那德宝呢？德宝怎么办？

伯　爵　太太,（挥手）没有,小孩,（挥手）没有。他们不会在。（挥手）不在。

顾香兰 B　德宝怎么办？

伯　爵　（比手画脚）我会负责，我会让他们继续享有他们所习惯的生活方式，我会负责我儿子的教育。

顾香兰B 王德宝，德宝怎么办？

伯　爵 我怎么跟你说？你就是我太太，你就是伯爵夫人！我给你自由！自——由——！

在这时，他们各自开始进入自己的思维中，像是在对话，但事实上在各说各话，说出内心深处彼此无法理解的话。他们的话，随时会重叠。

顾香兰B 德宝要给我自由……

伯　爵 （比手画脚）我给你自由！自——由——！你跟我去法国，你就是我的太太。我带你去博物馆，去我的所有贵族朋友的家，我们可以在湖上面划船，船也是你的，一切都是你的……马上要秋天，巴黎的秋天很漂亮的，我带你去香榭丽舍大道喝咖啡。你跟我回去，一切都是你的，仆人、车子，一切都是你的。我带你去买珠宝！要多少买多少，老板我很熟！给你打扮得漂漂亮亮！我们可以去打猎！（双手指她）你——（双手指自己）我——（比彼此）一起去（双手指远方）法国——（双手指她）你——（双手指自己）我——（双手指远方）法国，巴黎……

顾香兰B 法国那么远，我从来没有离开过这个从小长大的地方……我连外面都没出去过几次……我只认识你一个人，我现在都听不懂你的话了，到法国要怎么办，我怎么办？

伯　爵 我给你自由！自——由——！香兰，跟我回去。你喜欢画画，我们可以去罗浮宫，我们可以去巴黎铁塔，我们可以在巴黎铁塔上吃饭！法国多好！比这里好多了！你要相信我。

停顿。

顾香兰B 你的眼神跟王德宝一模一样。

伯　爵 我爱你，香兰，我爱你！

顾香兰B 你是什么人？

伯　爵 你听懂了，对不对？

顾香兰B 你要带我到什么样的地方？

伯　爵 香兰，跟我去法国！

顾香兰B 什么是法国？

伯　爵 跟我去巴黎！

顾香兰B 什么是巴黎？

伯　爵 你自由了！

顾香兰B 法国是自由吗？

伯　爵 我爱你！

顾香兰B 巴黎是爱吗？

伯　爵 （双手指她）你——（双手指自己）我——（双手指远方）法国——

顾香兰B 法国是什么东西？

伯　爵 （双手指她）你——（双手指自己）我——（双手指远方）

法国——

顾香兰B 你是谁?

伯 爵 香兰,(双手指她)你——(双手指自己)我——(双手指远方)法国——

顾香兰B 我是谁?

伯 爵 法国……法国……

伯爵说什么都无效,无奈地坐在桌前。楼下王先生A和B交会,背对背停在东一楼,好像在不同的时态里看着共同的回忆。

长沉默。

香兰终于开口,长久以来这是他们第一次说话有交集。

顾香兰B 好。(双手指他)你——(双手指自己)我——(双手指远方)法国。

停顿。

伯 爵 (不敢相信)好?(双手指自己)我,(双手指她)你,(双手指远方)法国?

顾香兰B 好,(双手指他)你,(双手指自己)我,(双手指远方)法国……

伯 爵 我的上帝!我的天!我的天!

两人相拥。王先生B、王先生A无奈地下。

楼上灯光渐暗。

8-7　最后的晚餐一

环绕；南——伯爵上海官邸

伯爵夫人、仆人一、仆人二、伯爵；顾香兰 C

顾香兰 C 开始绕场。南灯光渐亮。伯爵上海官邸。餐厅。欧式殖民地装潢，一切布置很仔细，但是有一种封闭的感觉，一切似乎是想唤起法国家乡的感觉。

伯爵的法国夫人坐在长餐桌的一边，等待。仆人一、二站在两侧待命。在语言上，两位仆人说话稍嫌不流利。

伯爵夫人　他又迟到了。玛莉，有没有电话？

仆人一　没有。

伯爵夫人　看一下牛肉怎么样。

仆人一　是。

仆人一下。

伯爵夫人　（叹气）牛肉是好不了的。牛肉不对嘛，红酒也不对。

仆人一回。

仆人一　夫人，牛肉没问题。

伯爵夫人　怎么没问题？我用闻的就知道，我的鼻子告诉我味道不对，他是不是放了酱油？

仆人一　没放酱油。

伯爵夫人　那一定是放错酒了。我叫他不要用中国酒！怎么搞的？

伯爵从外入，非常公式化地脱下帽子、大衣与公文包，仆人一接过来。

仆人一、二　晚安，先生。

伯爵坐在长餐桌的另一边，仆人二立刻帮他掀开餐巾、倒酒，准备吃饭。他不抬头，不看夫人。

伯　爵　对不起，晚了。

伯爵夫人　办公室很忙？

伯　爵　很忙。你呢？你一天过得如何？

两仆人开始上菜。

伯爵夫人　好多了。今天好多了。这是第一天站到门外以后，回到屋里不用洗澡。

伯　爵　（开始吃）那就好。

伯爵夫人　尚·路易今天在学校跟那个加拿大来的新小朋友打架。

伯　爵　加拿大人很鲁莽。没事吧？

伯爵夫人　没事。解决了。

伯爵在吃的过程中，用餐具发出声响。

天气变得好舒服。知道吗？我们很久没有两个人这样坐下来吃饭。我们应该挪出更多时间在一起。

伯　爵　我要离开你。

停顿。

伯爵夫人　什么？

伯　爵　我要离开你。

停顿。

伯爵夫人　我一定是听错了。你在跟我开玩笑吗？这是一个残酷的玩笑。

伯　爵　不用这么情绪化。

伯爵夫人　（哗然）牛肉是老了一点，但是我们都能够忍耐。

停顿。伯爵夫人挥手示意仆人一下。

是什么问题？

伯　爵　我不爱你。

停顿。伯爵夫人不接腔。

难道这段时间你快乐吗？

伯爵夫人　我可以撑。

伯　爵　可是你不快乐，我不快乐。我们不快乐！

伯爵夫人　我们在这里不快乐。我们应该在法国。

伯　爵　你没有在听我说话。

伯爵夫人　什么时候决定的？

伯　爵　不重要。

仆人上菜。伯爵夫人看着盘子，边摇头，在略微脱节的语言中透露细腻的思维。

伯爵夫人　季节……季节到哪里去了？巴黎快要秋天了，我们在这里已经失去时间了……失去时间了，一切在混乱中，你在绕……在绕……一切在绕……有别人吗？

伯　爵　这不是重点。

伯爵夫人　（肯定）有别人。你都去哪里？去哪里？我以为我们在这里过得很好。（对仆人）你们可以下去。

伯　爵　（对仆人）今天晚上不需要你们了。

伯爵夫人　其实，玛莉，我需要一杯白兰地。

仆人二下。仆人一帮伯爵夫人倒一杯白兰地。

（严厉地）跟我说，她是谁？

伯　爵　玛莉，你可以下去。

仆人一下。伯爵帮自己倒一杯白兰地。

伯爵夫人　（坚持）她是谁？

伯　爵　不重要。

伯爵夫人　不重要。一定不是什么好东西。

伯　爵　（同样严厉地）伊莎贝尔，结束了。我们结束了。

伯爵夫人　就这样，你的责任心？你的责任心呢？

伯　爵　这就是为什么我要离开，我对自己的责任心，对自己！我快要闷死了！我快要窒息了！

伯爵夫人　那我呢？尚·路易呢？她是谁？

伯　爵　一切会帮你安排好。一切你习惯的生活方式都会保持下去。

伯爵夫人　一切物质性的生活方式都会保持下去。我了解。是谁让你这么做？谁？

伯　爵　不重要。

伯爵夫人转变节奏，到伯爵那一端，抚摸伯爵。

伯爵夫人　我现在看到你眼神里有一种力量，一种新的力量。她是谁当然重要。

伯　爵　如果不是她，会是别人。

伯爵夫人　（抱着伯爵）跟我聊聊嘛，跟我说说她。难道你会难为情，不敢让她来见我？

仆人上，换盘子。伯爵夫人站开。

伯　爵　那个……玛莉，可以下去了。今天放假。

伯爵夫人　（大声）她是谁？

仆人下。

伯　爵　（同样大声）你真的要知道她是谁？告诉我你快乐，我就告诉你她是谁！

停顿。

伯爵夫人　我撑着。

伯　爵　你撑着，你撑着，你根本不喜欢这里。

伯爵夫人　可是我是为了你来的。

停顿。

我以为很清楚，我是为了你来的，不是为了这半吊子的文化，这套俗气的东西。

伯　爵　可是重点就在这里，伊莎贝尔，你应该为自己而活！这里是上海，这里是中国，可是你从来不出门，从来不吃中国菜，不去认识中国人，你把这里装潢得跟法国一样，连仆人都给取个奇怪的法国名字！这和在法国有什么差别？（摔餐具）你看看我们被逼着吃什么东西？！

伯爵夫人 我承认，牛肉是有一点走样，但是总比……外面那些东西好些。（略为歇斯底里）亨利，我担心你。自从你开始收集那些营养不良的中国画，我就知道你有问题。我好担心你！

伯　爵 伊莎贝尔，这是一场梦。你我是一场梦。明天我醒来你就不在我生命里。我开始我一场新的梦，你开始你一场新的梦。

伯爵夫人 你看，自从你开始学习那些虚幻空洞的东方哲学之后，我就知道你有问题。

伯　爵 亲爱的，这不是东方哲学，这是标准西方人的做法。一切都安排好了。法律上你该得的我都会加倍给你。

伯爵转身往下。

伯爵夫人 （摔餐具）她是谁？

伯　爵 我们之间谁都不欠谁了。

伯爵夫人 （摔餐具）她是谁？

伯　爵 够了！

伯爵下，留下伯爵夫人一人。灯光渐暗。

8-8 赎身

东二楼——顾香兰的妆阁、北——天仙阁大厅

顾香兰 B、十里红、金姨、翠琴、二宝、保镖一；顾香兰 C

顾香兰 C 继续绕场。

东二楼灯亮。香兰的妆阁中，顾香兰 B 一人，心情复杂，手里握着笔，随性地画画。十里红与金姨入，慢慢走到香兰背后。

十里红 事情你知道了吧？

顾香兰 B 继续画。

沈先生今天来过，钱都给清了。你过几天可以走了。

顾香兰 B 走？

十里红 王德宝欠的账也已经结清了，你可以去法国了。

顾香兰 B 停下来了。

顾香兰 B 妈妈，我可以不去吗？

十里红 什么话？！伯爵都给你赎身了，你懂不懂！钱都拿来了，你不能不去！

香兰开始难过。十里红拍拍香兰。

好了好了，这是最好的结果啊。妈妈真替你高兴啊！

十里红与金姨下。香兰心情复杂，她看着妆阁里的一切，开始流泪。

二宝入香兰的房间，边打扫，边传一张纸条给香兰。香兰看着字条，起身。

顾香兰B 帮我叫小龙。

二宝下，香兰打扮一下，手上拿着一件外衣，下楼到北大厅。

保镖一上，看见香兰。

保镖一 什么事情？

顾香兰B 小龙，帮我一个忙，就这么一次，带我出去。

保镖一 那怎么行？都没有交代。

顾香兰B 就这么一次，小龙，到三马路一下，很快就回来。我就要走了。我拜托你。

保镖一看着四周。一切很平静的样子。

8-9　茶馆

东；环绕——街景、西二楼——茶馆、西北

顾香兰 B，保镖一，王先生 A，小贩，路人，乞丐，茶馆客人，跑堂，琴师一、二；王先生 B；顾香兰 C；顾香兰 A，五号 A

街头声音。环绕区灯光亮起。上海的街景环绕着观众。小贩、路人，保镖一背着顾香兰 B 从东快速环绕。顾香兰 B 用手挡光。顾香兰 C 继续绕场。

顾香兰 A 跟五号 A 在东北平台上。

顾香兰 A　我不习惯那样大白天的强光，我遮着脸，看着上海，我从小唯一知道的地方，这个又熟悉又陌生的城市。四马路到三马路，那么短的距离，但一条街之隔，我走进人生全新的旅程。

保镖一背着顾香兰 B 从西北绕一圈，到达西南目的地，一间茶馆门口。保镖一把香兰放下。

保镖一　就是这里。

顾香兰 B　你在这里等我。不会太久。

香兰上西二楼，客人不多。在西北二楼有一张桌子，王先生 A 坐着等她。香兰看到德宝，过去到他的桌子，坐下。

王先生A跟以前不太一样，相当憔悴，有一点脱节。

我要走了。

王先生A 我知道。

茶馆的跑堂端上茶点。

顾香兰B 你家里的生意……

王先生A 不用你担心。香兰，今天想见你一面，只不过是想谢谢你。

顾香兰B 谢什么？

王先生A 谢谢你帮我做很多事，我都知道。你们那边的问题，你都帮我解决，我都记在心里。最重要的，香兰，我要谢谢你，让我能够看到，什么叫作人生。这样我就够了。我这一生已经满足了。香兰，谢谢你。

顾香兰B 你在说什么？你不要这个样子。

王先生A举起茶杯，敬香兰。香兰不知道怎么处理，也举起茶杯。

王先生A 谢谢你。

王先生A拿出一个小瓶子，把瓶子里的粉倒到嘴里，然后把茶喝下去。他脸色突然发白，喘不过气来。

顾香兰B 德宝，你在干什么！德宝！

一阵混乱。王先生A猛抓自己的喉咙。

王先生A （大喊）啊——！！

灯光突暗。暴力的玻璃破碎声。

顾香兰B （黑暗中大喊）德宝！

灯再亮，一群路人围在西北，王先生B也在内。保镖一冲上楼，将顾香兰B带离二楼。

保镖一 先生，赶快走！

保镖一背起顾香兰B，快速离开现场。

灯光渐暗。

8-10 离别

北——天仙阁大厅；东二楼；观众席通道、南

顾香兰 B、十里红、金姨、二宝、翠琴、媛媛、如玉、妙莲、萍香、保镖一、保镖二；五号 A、顾香兰 A；顾香兰 C

顾香兰 C 继续绕场。

北灯亮。天仙阁大厅中，十里红、金姨都在，顾香兰 B 安静地站着。沉默。

金　姨　看你们平常叽里呱啦的，怎么今天一句话都不说？

十里红　（对顾香兰 B）妈妈七八岁就把你买过来，娘姨也花了很多时间教你，现在你要去做伯爵夫人，我们心里都替你高兴，媛媛，对吧？

媛　媛　是啊。

翠　琴　（带有妒意与酸味地恭维）我们香兰已经有伯爵夫人的样子了。

顾香兰 B　哪里的话，不知道张老板是不是也打算讨你回去呢？

十里红　外国人容易喜新厌旧，如果去法国待不下去，存点钱再回来。你在这里做那么久了，也像我们亲生女儿一样。

顾香兰 B　香兰一直是你们的人。

茶水工上。

茶水工 车子到了。

十里红 车子到了。

停顿片刻。顾香兰B开始脱外衣、首饰还有鞋子，把身上的首饰给旁边的妙莲和二宝，让她们收起来。

香兰脱到只剩下单纯的衬裙。最后，她光着脚站在众妓女面前。

顾香兰B （感性地）妈妈，娘姨，各位妹妹们，今天就要去法国了，香兰要离开从小生活的地方，到一个什么都不知道的地方，也不知道生活会变成什么模样。为的是什么？为的是香兰心中的一种追寻吧。也不知道这个追寻会带我到哪里去，或许我们这一辈子都不会见面了。希望你们生活得好好的，找到一个好的归宿。

东二楼灯光亮，顾香兰A和五号A在楼上。顾香兰A开始只动嘴巴，不发声音，和楼下妓院大厅的顾香兰B同步向大家告别。然后顾香兰A发出声音，和楼下顾香兰B同时说话，形成两种音源。

去法国了，是好是坏也不清楚，我只知道，我要走下去。以后不管情况怎么样，我都会想办法自己顶下来……

顾香兰B、顾香兰A （同步）……翠琴，媛媛，这阵子我害你们吃了不少苦头，心里也是过意不去，现在我要走了，希望你们能好好照顾这些妹妹，多顺妈妈娘姨的心，替香兰尽些孝道……

渐渐地，楼下的顾香兰B不说话了，开始拥抱众妓女，道别。独白由楼上的顾香兰A接手。

顾香兰A 我们都是苦命人，这二十年我也苦够了。如今可以离开这里，接下来的日子如果不好，我也会拼着命让它好……

妓院大厅中的顾香兰B和十里红、金姨拥抱道别。气氛伤感。两位保镖从大门方向入，手里各拿一把大伞。

笼中的小鸟飞出去了，一定要摆脱这个笼子才是……

在两位保镖指引之下，顾香兰B赤脚走出妓院，走入中央观众席，直接穿过到南。二位保镖护送。众妓女看。

其实我想我是摆脱不了的，笼中的小鸟虽然飞出去了，但是它已经受了伤，它的心已经死了。我到法国去就像换了一个笼子一样。也许笼子变大了，跟世界一样大……你们大家要互相照顾，互相体谅，往后再有什么事，都要坚强地活下去。

香兰会记得你们。

顾香兰C站在南等待顾香兰B；保镖撑开两把大伞在顾香兰B的头上。南灯光变化，一条光道出现在顾香兰B眼前。顾香兰B回头看一眼，停顿许久，然后顾香兰C转身，慢慢地走向那长长的道路。

保镖把伞收起来离开。

东二楼，老顾香兰A沉醉在自己的回忆中。

北，天仙阁大厅之中，像一幅静态的油画一样，众妓女望着南看，十里红、金姨呆望着虚空。

南，顾香兰C慢慢走入光中，走上原来下来的斜坡。

四处灯光渐暗。顾香兰C漫步消失在南深处。

第三次中场休息

-第　九　幕-　新伯爵夫人

9-1　前进法国

东二楼 / 东北——码头、东、环绕

顾香兰 C、伯爵、船客、船员、服务生、总管、行李夫一、行李夫二

汽笛声、欢乐的音乐。东二楼灯亮。一九三二年秋天的法国港口。一艘游轮靠岸的景象。乘客由船员指示，从东北二楼下楼梯到东北一楼下船，服务生帮他们搬行李。顾香兰 C 和伯爵也在队伍之内。乘客下船之后，慢慢绕场。

顾香兰 C 睁大眼睛，兴奋地迎接新的景象、新的国度。

在陆桥下迎接他们的是总管、带着行李夫一、二。总管和第一部分饰演老总管的演员相同，但在这里，他年轻、动作利落。

总　管　先生！先生！

伯　爵　（见到总管）尚·保罗！好久不见！

总　管　这——夫人呢？

停顿。总管看着他们。

伯　爵　尚·保罗，这是香兰——香兰。（对顾香兰 C）香兰，这是尚·保罗。什么事都是他和他太太玛莉在帮我们处理。

顾香兰 C 对总管鞠躬。

顾香兰 C　（慢慢地）尚·保——罗，你——好。

停顿。

总　管（对顾香兰C）夫人。

伯　爵　车子……

总管叫行李夫一、二帮伯爵整理行李。乘客往四处下。灯光变化。

9-2 诺曼底新夫人

北——诺曼底城堡大厅、观众席、西二楼——卧房

总管，玛莉（总管之妻），女仆一、二，男仆，行李夫一、二，顾香兰C，伯爵

北，诺曼底城堡前厅，一九三二年秋天。此景与第一部分的诺曼底城堡为同一城堡，但是为六十多年前。水晶灯同样在观众席上方。所有仆人都在准备家中迎接伯爵回来的事项：女仆在擦烛台，男仆在扫地，玛莉准备一个玩具木马要送给伯爵的儿子，正在上面系丝带。语言的设定规则与前同，顾香兰C听不太懂法文，其他人都听不懂中文。

女　仆　玛莉，这木马真漂亮！

玛　莉　尚·路易一直想要这种木马，他今天回来看到这个一定乐死了！好久没看到夫人，好想她！

总　管　回来了！

玛　莉　回来了！请大家准备！

仆人们列队站好。行李夫一、二带行李上。伯爵从南带着顾香兰C穿过观众席。

伯　爵　玛莉！好久不见！

伯爵兴奋地拉顾香兰C参观，大家好奇地看着顾香兰C。

香兰，这里是大厅，那边就是湖，我们明天去划船……这几位都是我们的仆人，（对大家）这是香兰……香——兰……

停顿。玛莉不可思议，尴尬地扶着木马，呆站在原地。总管对她使眼色。

总　管　（鞠躬）夫人，让我代表城堡上下全体员工向您致上最热诚的欢迎，希望您来到法国，生活能够感到舒适、快乐。

顾香兰 C　（听懂两个字）快——乐——？

总　管　夫人，您一定累了，要不要到楼上休息一下？

伯爵跟顾香兰 C 往楼上走。总管本来要跟玛莉解释，但玛莉扶着小木马，几乎要晕倒。

女仆扶着她。

西二楼灯光亮起。伯爵和顾香兰 C 在卧房。行李夫一、二在放行李，然后下。男、女仆继续整理。香兰坐窗边，看着窗外。她表情遥远，也不是完全听得懂伯爵的话。

伯　爵　香兰，有任何需求，你就吩咐就好。是不是口渴？

顾香兰 C　（没有完全听懂）口——渴？没有。

伯　爵　（对仆人）去为夫人泡一杯茶。

女仆二　哪一种茶？

顾香兰 C　没有关系，我不口——渴……

伯　爵　（不耐烦）当然是中国茶！我们带回来的！

女仆二　可是，先生……

伯　爵　（对仆人们）停！夫人吩咐的一切，任何事，你们都要完成！

懂不懂？所有以及一切！没有正确的茶壶，想办法！去！

顾香兰C拉铃，发出声响。女仆回头。伯爵示意女仆下。

仆人下。

（指着铃）这个是叫仆人的。没有事不要拉。

顾香兰C 叫——人——

伯　爵 叫下人。

伯爵坐香兰旁，二人看湖。

我们的湖很美吧。

顾香兰C 很——美。

伯　爵 它背后有一个传说。你知不知道？一个传说？

顾香兰C 传说？

伯　爵 如果你晚上静静地坐在湖边，据说你可以在湖中看到自己。

顾香兰C 看到——自——己？

两人安静看窗外。

伯　爵 香兰，来到法国，我所能给你的就是属于你自己的自由。那是世界上最珍贵的东西。所以你想做什么就做什么，你想去哪里，就去哪里。你出门没有人会跟踪你，这就是自由。

顾香兰C 自——由。

伯　爵 自由。

伯爵拉香兰往床上。香兰的表情遥远，仍然看着窗外。伯爵抱着香兰。女仆上，带着一杯茶，欲拿给香兰。伯爵做手势，让女仆下去。女仆下。

伯爵继续把香兰拉到床上。香兰突然起来。

顾香兰C 亨利……我——想——看——湖。我现在想看湖——

伯　爵 你想看湖?

顾香兰C 对。

伯　爵 现在很晚了，外面很冷。

顾香兰C 但是我现在想看湖，现——在——

伯爵带香兰往外。灯光变化。

9–3　看见自己 / 流水席

北——湖边、观众席 / 南——湖；西；西——城堡大厅；西北

总管、伯爵、顾香兰 C、顾香兰 B；顾香兰 A、五号 A；贵客、贵妇、皮耶、贾克、男仆、女仆、玛莉

风声。观众席水纹起。

北湖边，烟雾弥漫。总管拿着油灯，拿着伞，带伯爵和顾香兰 C 到湖边。

总　管　我想今天天气这么不好，夫人要看湖不是最好的时候，可能看不到什么……

像在第一部分一样，湖边有一把户外椅。他们接近的时候，顾香兰 C 走在前面，竟然发现椅子上坐着穿旗袍的顾香兰 B。

……夫人，我想伯爵已经事先说过这位置很特别……

顾香兰 C 和椅子上的顾香兰 B 面对面，互看。顾香兰 B 起身让座。

伯　爵　香兰，怎么了？不是这里，是那里。

顾香兰 C 坐下，看远方。

总　管　这地方天气好的时候，说是在远方可以“看见自己”。可是这天气可能不行……

远方南“湖面上”灯光微亮，老顾香兰 A 出现在对面的椅子上。

顾香兰C　有。

伯爵、总管努力看。

伯　爵　看不见啊。

总　管　没有，雾这么大……

顾香兰C和站在一旁的顾香兰B对着顾香兰A，专注地相看。

顾香兰C　好老……

远方灯光渐暗，顾香兰C看不见什么了。

总　管　（撑伞）飘雨了。赶快走吧。

顾香兰C　等一下，等一下，她好像要跟我说话。

伯　爵　要下雨了。

总　管　夫人，这雨可能会很大。

总管撑伞，伯爵和总管欲带顾香兰C往屋里走。

顾香兰C　再让我看一下，她有话要跟我说。

伯　爵　好了，香兰，太冷了，我们回去。

顾香兰C和顾香兰B相看。顾香兰B转身离去。

玛　莉　（声音）先生，您的电话。

伯爵匆匆下，总管替他撑伞一起下。

顾香兰C　不要走。你不要走，这样只剩我一个人……

顾香兰C不舍地看着顾香兰B离去，转身看远方，已经看不见顾香兰A。

顾香兰C淋着雨，望着远方。

北、南灯光渐暗。

西灯光亮，五号A推着轮椅往西北，对顾香兰A说话。贵客、仆人们如走入顾香兰A的回忆中，穿过五号A和顾香兰A陆续走入西区。停顿在西北。顾香兰A摇手。灯光变化。

一九三二年十月，伯爵为顾香兰C举办一个流水席。西城堡大厅，添上了许多东方色彩。许多客人，都是贵族和政商界名人。仆人穿梭在客人中间，端着茶点。客人正进行着一些琐碎无聊的话题。

贵妇一 以前这里放了伊莎贝尔最心爱的柜子，现在放了一个这样的屏风。

贵妇二 不知道柜子去哪里了？

贵妇一 运走了。

贵妇二 伊莎贝尔呢？

贵妇一 也运走了。一点消息都没有。

贵妇二 我太惊讶了，那个女人有什么本事可以把亨利抢过来？

贵妇三 她是中国人。

贵妇二 听说中国女人那一方面有特殊的……

贵妇三 法术。

贵妇一 嘘，来了！

伯爵穿着长袍，打扮过度东方，有些别扭。众看。他手上拿着一把中国扇子。亨利到处帮香兰介绍这些朋友，极为热情，像一个小孩子在炫耀他的新玩具一样。男士们对香兰极有兴趣，女士们议论纷纷。

伯　爵 欢迎大家！香兰，你看！这全都是我的好朋友，他们都是巴黎的重要人物！（对一位绅士）皮耶，跟你介绍一下，这是我太太，香兰。（对香兰）皮耶是我从小一起长大的哥们儿，也是巴黎国会最有分量的政治明星，所有人都预计他过几年就能当上总理！

顾香兰C （伸出手）你——好。

皮耶惊艳，亲香兰的手。停顿。

皮　耶 哎呀！我已经被迷倒了！（凝视着顾香兰C）

伯　爵 来，大家喝，这是我们城堡上世纪末自己酿的酒。好年！好酒！好朋友！（指贵妇们）香兰，来，这几位都是巴黎社交圈的名流……

顾香兰C （伸出手）你——好。

贵妇一不理香兰，反而看伯爵的扇子。

贵妇一 亨利，这一把扇子在哪里买的？我有机会去中国的话，一定要买一把！

伯　爵 （得意）这一把你买不到！这是原始森林的檀香木，那还不是问题，上面的画，那是香兰亲手画的。

贵妇一 香兰画的？

皮　耶 啊呀，亨利，原来你的新夫人是一位……艺术家？

顾香兰C （不明白词句）艺——术——家？

其他客人过来看扇子和扇子上的精细国画。伯爵热情地炫耀。

伯　爵 是！她是艺术家，艺术家！皮耶，你好像认识很多艺术家，是不是？

皮　耶　我前妻收藏这些什么“现代艺术”，什么野兽派、颓废派，我是不敢领教。

伯　爵　香兰对西洋画法也很有兴趣。你可以帮他介绍老师？

皮　耶　没问题。我前妻收藏的画作，那些画家的经纪人我统统很熟，因为都是我出钱！我一招手这些穷艺术家全部过来了。毕加索、达利、马蒂斯，随便挑。（对顾香兰C）美人，你想学立体派还是超现实派？

顾香兰C　（不明白词句）超——现——实——？

伯　爵　当然要从写实底子开始！不然皮耶，改天带我们认识一下这些人，好吗？（对香兰）香兰，你要去认识那些艺术家——艺术家——自由！自由！

皮　耶　（举杯）大家来敬自由！敬我们的艺术家！

众　人　（举杯）敬艺术！

众举杯喝酒。灯光变化。

香兰站开，看着大家。她觉得自己格格不入。客人对她微笑，但是笑中没有温度。她离开大厅，好像疏离了，从西走向北。大厅里面众人冻结。

西北，顾香兰A对五号A说话。

顾香兰A　秋天就这么在每天的宴会中过去了。

风声。观众席水纹起。从流水席出来的顾香兰C超过他们，走向北湖边。

北，顾香兰C一个人在湖边逛，看着湖。

也不能说不好，城堡非常美，尤其是湖，亨利带我划船、打猎，真是新奇，当然，他每次要打猎都气死了，因为我早上都爬不起来。

楼下宴会渐渐散去。

五号A 怎么会?

顾香兰A 我是做什么的？什么叫作“早上”？我早就不记得了！（笑）啊呀，激情过后，两个人还得生活在一起，是不是？亨利的美梦那时就开始有些裂缝，可是真正的问题在我。不知道为什么，我觉得那一切的奢华与璀璨没有温度。我也无法融入他们的社会，我感到很孤单，我每天在那美丽的湖边徘徊……

顾香兰C坐在北湖边的椅子上，认真看湖。

南烟雾弥漫，什么都看不清楚。

玛莉和总管突然跑过来，玛莉手上拿着一件大衣。

总　管 夫人！夫人！

玛　莉 夫人小心不要着凉了！

总　管 夫人！是这样，有位皮耶先生特地来接您到巴黎！车子已经到了。赶快去吧！

玛莉和总管围住顾香兰C，帮她披上大衣。他们把香兰从座位上扶起，往东北。灯光变化。

9-4 车上

东二楼——车上

顾香兰C、皮耶

东二楼，皮耶的轿车上。顾香兰C和皮耶坐在后座。皮耶不断望着香兰。

皮　耶　亨利搞什么今天不来？我比他忙，我今天国会都不去了，他说什么人要来跟他谈亚洲古董生意什么的，有那么重要吗？你不知道我在说什么。我们就快到巴黎了，你常去巴——黎——吗？

顾香兰C　（稍流畅的法文）巴——黎——？很——少——去。但——我——喜——欢。

皮　耶　美人，你的法文真好听！有一种口音……

顾香兰C　上——海——口音……

皮　耶　对对对，中国口音。迷死人！香兰，今天要带你去的巴黎是一般人看不到的巴黎，艺术家的巴黎。

顾香兰C　艺术家？

皮　耶　穷艺术家的巴黎。你以为光鲜亮丽，其实破落不堪，我每次到蒙巴纳斯[16]都觉得进了难民营。（对假想的司机）前面左转，我们直接去蒙巴纳斯。（端看着香兰）啊，香兰，我看到你第一眼就被你迷倒！亨利是和我从小长大的哥们儿，但他这种日子不跟来，谁知道会发生什么事？哈哈！还好你听不懂我说的。

香兰不语，看着前方。

灯光变化。

9-5　蒙巴纳斯咖啡馆一

西／南——蒙巴纳斯咖啡馆、南——上海医院附近的咖啡馆

咖啡馆老板、超现实主义者、哲学家、顾香兰 C、皮耶、萨尔瓦多、共产党、路易、摄影师、艾丽斯、岗蒂夫人、维若妮卡、神秘舞者、服务生、音乐家、乐手；顾香兰 A、五号 A

西／南区灯亮，波希米亚式蒙巴纳斯咖啡馆。热闹气氛。客人都是艺术家，包括已经喝醉、不省人事的萨尔瓦多。客人之中，有两位穿着奇怪的，正在热烈地辩论。他们是超现实主义者和哲学家。他们的对话几乎成为这一整场戏的背景音乐。超现实主义者同时用一只怀表催眠在座的岗蒂夫人。整场过程中，神秘舞者随时即兴舞蹈，收缩身体，到处跑动。

顾香兰 A 跟五号 A 坐在南区，同时也是上海医院附近的咖啡馆，服务生帮他们上咖啡。

哲学家　现实根本是一个无法捉摸的幻象，问题是，这幻象持续不停。

摄影师　说得好。

超现实主义者　我们以为的现实其实是一些随机片段的组合，不具有任何代表性或含意！

艾丽斯　（对摄影师）也对。

哲学家 所存在的一切只有原子和虚空，除此之外，一切的一切是我们附加的概念。

超现实主义者 你说的本身就是概念，唯有在梦境之中才能找到真理！

作曲家突然掉笔。

作曲家 停！！太烂了！什么烂曲子！

作曲家拿起稿纸一撕，往外走。两位乐手哗然。

哲学家 天空可能根本就是绿色的，而我们集体色盲！

超现实主义者 用催眠的手法模拟梦境可以解放我们的心灵，让我们进入自动写作的境界！开始！（岗蒂夫人开始写字）

哲学家 你有看过猫在抓纱窗的时候，说那是写作吗？

顾香兰C和皮耶上。香兰好奇地看着四周，皮耶不自在地找人。

咖啡馆老板 （对香兰）哇——欢迎光临。

超现实主义者 只有自动写作才是真正的写作，因为自动写作没有被思考污染！来！继续！

哲学家 我们不得不达成一个越来越严重的结论：所有我们想的、吃的、穿的、做的一切都是多余的。多余的！

共产党 废话，你等着，以工农联盟主导的无产阶级专政到来，你们就明白了。

摄影师故作醒来状，不屑地打一个大哈欠。

摄影师 呵——！

艾丽斯 对不起，刚刚她睡着了。

皮 耶 （发现很脏乱破旧）抱歉，香兰，我跟画画老师约了这边见面，我第一次来，没想到是这样的地方，你多包涵啊。等一下谈完之后，我们再去别的地方吃晚餐。（对服务生）Garçon（小伙子），我们在找一位萨尔瓦多先生。

服务生指瘫坐在椅子上的萨尔瓦多。

皮耶碰碰萨尔瓦多，他没有反应。一直在注视香兰的路易靠过来接近香兰。他蹲下来，手靠近香兰，像是在抚摸她，但是肉体没有接触。

路 易 我想雕你……

顾香兰C 雕——？

路 易 我需要感觉你的一切：你的眼睛、鼻子、眉毛……

皮耶把路易推开。

皮 耶 走开，走开。（对香兰）这什么地方啊？！

神秘舞者接近香兰，突然神秘地向上看，闭着眼睛。

作曲家 我在这屋子里感觉到一股力量……一股情欲推动的力量！音乐！狂乱的、骚动的、快的。

神秘舞者收缩身体，自由地到处跑。香兰看得很开心。

顾香兰C 他在做什么——？

皮 耶 艺术家。即兴。我不知道。（指作曲家）歌手，来唱首歌！

作曲家摔笔，走出咖啡馆。皮耶错愕。

咖啡馆老板 她从来不唱歌的。

共产党 那是个作曲家，她正在写她最经典的作品。

哲学家 在那一番幼稚的表现之后，我们继续刚才的交谈。花豹在草原上奔跑时，它有说那是“舞蹈”吗？

超现实主义者 （对岗蒂夫人）醒来！

岗蒂夫人 太精彩啦！我刚刚被催眠！真是太不可思议！你们知道吗？人被催眠之后会把整个潜意识放出来！太精彩了！

摄影师 你放了什么出来？

岗蒂夫人 太精彩了！我到了一个地方，然后我看到了一座桥……

摄影师 在潜意识的象征中，桥是屌。

岗蒂夫人迷惑。

艾丽斯 亲爱的，你不要打断她，让她讲完。

岗蒂夫人 桥旁边有一棵树。

摄影师 树也是屌。

岗蒂夫人 我在树旁边唱歌……（歌剧式的高音）“啊……”！

摄影师 唱歌就是操。

众哄堂大笑。摄影师跟艾丽斯走到顾香兰C桌，坐下。

顾香兰C 她说什么？大家笑什么？

皮　耶 没有没有，他们在……

摄影师 （对香兰）“屌”。

香兰没反应。

艾丽斯 她听不懂？

摄影师 你不知道“屌”是什么？

艾丽斯 谁来告诉她吧！

萨尔瓦多 （突然站起来，正经地）“屌”……是一个孤儿，四处流浪，寻找家的感觉！

众人起哄。萨尔瓦多拿起共产党的酒喝，共产党抢回。

不是共产主义吗？

摄影师 （近看香兰）“东方神秘主义”！我已经疯狂地爱上她了！（问艾丽斯）你呢？

艾丽斯 我还是比较喜欢“西方野兽派”。

艾丽斯拉摄影师到椅子上，二人互相亲热。香兰好奇地看着。

服务生 （对萨尔瓦多）耶，这人找你。

萨尔瓦多 一个穿西装的人找我一定没有好事。不用怀疑，我是萨尔瓦多！

皮　耶 你好。我是议员皮耶。

萨尔瓦多 找我教画，是不是？我跟你讲，我现在很忙，没有时间教！是谁要学？

皮　耶 这位。

萨尔瓦多 （仔细看香兰）我现在价钱是每小时三百五，一块都不能少！因为我是谁你知道吗？我现在在巴黎的地位是怎样，你知道吗？

突然维若妮卡拿着刀和一件胸罩冲进来。萨尔瓦多立刻趴在地上。

维若妮卡 （冲向萨尔瓦多，展示内衣）萨尔瓦多！谁的？这是谁的？

萨尔瓦多 （向众人）误会！只是误会！

维若妮卡 你快告诉我！为什么我会在你家里发现这东西？今天我跟你拼了！

维若妮卡用刀刺向萨尔瓦多，共产党将维若妮卡挡住、抱着，摄影师将她的刀拿下来。

萨尔瓦多跑出咖啡馆。

摄影师安慰维若妮卡。

摄影师 何必为男人弄成这样？

维若妮卡 他不爱我了！他去操别人。

摄影师 不要哭了！

艾丽斯 （对香兰）“东方神秘主义”，维若妮卡是我们蒙巴纳斯最著名的人体模特儿。毕加索、莫帝格瑞安尼[17]、马蒂斯，都画过她。

摄影师 不只“画”吧？

维若妮卡 我必须声明，我是一个演员，不是人体模特儿。你告诉她！

萨尔瓦多突然回。

萨尔瓦多 没错，她是个演员，但是所有的导演都把她当模特儿看。（笑）

维若妮卡　你还想活吗？

萨尔瓦多下，维若妮卡追下，香兰接下维若妮卡手中的胸罩。

摄影师　不要动，你不知道你现在有多美。（拿起相机对着香兰拍）错置的异国风情、近在咫尺却遥不可及的天真的火爆的性欲，你是无法解开也无法得到的谜。

顾香兰C　（对皮耶）我想喝酒……（对服务生）给他们……酒，（指皮耶）他付钱，他付。大家喝酒。

皮　耶　大家喝酒！

众人欢呼。舞者突然灵感发作。服务生收拾。

灯光变化，众人持续动作，没有声音。南区上海咖啡馆，顾香兰A对五号A说话。

顾香兰A　来到法国，我第一次感觉到体内的细胞开始苏醒。在蒙巴纳斯，我真正地开始呼吸。我每天沉醉在艺术、激情、新概念、咖啡、欢笑之中。那一群艺术家之中，有真的，有假的，有天才寻找灵感，有蠢材寻找温暖，但怎么说，他们都对生命充满了我没见过的热度和追寻。到现在那些气氛还在眼前，那些音乐、旋律还在我脑海中。时间过去了，亨利因为我，他外交部回不去了，事业也放弃了，但是他真的无所谓，他有钱。他在巴黎有一栋公寓，很方便，我们轮流住城堡跟巴黎。我在蒙巴纳斯学画。他和一些朋友投资做亚洲古董的生意，每天都在研究东方古董……

服务生帮顾香兰A的咖啡续杯。

干什么？

服务生 帮你续杯啊。

顾香兰A 我有说我要续杯吗？

服务生 免费的啊。

服务生帮顾香兰A续杯，回柜台。

顾香兰A 现在人啊，要小心，你搞不清楚他在干什么！

灯光变化。

9–6　古董

东——画室、东二楼——巴黎公寓、西 / 南——蒙巴纳斯咖啡馆

顾香兰 C、伯爵、仆人、贵客一、贵客二；超现实主义者、哲学家、顾香兰 C、萨尔瓦多、路易、摄影师、艾丽斯、岗蒂夫人、维若妮卡、神秘舞者、服务生、共产党

东二楼灯亮，伯爵在巴黎的公寓和贵客一、二拿放大镜研究古董。同时东画室，香兰在学画。萨尔瓦多在教她，维若妮卡是模特儿。同时，横跨西、南蒙巴纳斯咖啡馆里的人物继续生活着。

伯　爵　（对贵客一、二）你看……我上海的古董专家教我怎么分辨明朝和清朝的瓷器。主要是看冰裂纹，看到没有？这个是清朝的，这个就是明朝的，是不是不一样？

贵客二　搞不懂。耶，你不是在写一篇小说？想不到你还有这个本事！

伯　爵　那是被中国哲学家——一个叫“庄子”的，启发。

贵客二　庄——子——？

贵客一发现墙边有一些油画。他拿起一幅写实风格的画，是伯爵和香兰的夫妻像，与第四幕五号 B 在城堡发现的是同一幅。

贵客一　亨利，这是什么？（看签名）“KOO”。你老婆画的？

伯　爵　（得意）香兰最近学画，我就知道她有绘画天才！她好快就学成了写实技巧，我特别喜欢香兰在这幅画里画自己的感觉——你看她的眼神，有一种——超越的……（找词）

贵客二　忧郁。

伯　爵　去你的，那是一种深度。之前没有的！一种……自由。我认识她这么久，以她的背景，都没想过她会有这样的深度。

贵客二在另一边发现另一幅画，举起来。是马蒂斯风格，色彩鲜艳，一个大鸟笼，一个东方裸女在鸟笼中跳舞，鸟笼外的桌面上是一件抛弃的旗袍。

贵客二　耶？这又是什么？

伯　爵　啊？……耶？这……

亨利迷惑，走过去和贵客一、二一起看签名。

贵客一　（也在看）“KOO”。

顾香兰C离开楼下画室。

伯　爵　（迷惑）是的……香兰最近的画有些……风格上的尝试。玩玩而已，她重点还是在写实。这玩意儿不行的啦！

贵客一　不，不，我觉得不错。虽然有些过度受马蒂斯影响的痕迹，但这是一幅有趣的画。亨利，你不能就这样摆在地上！这些未来可能都很值钱！

伯　爵　是是。（指“夫妻像”）那一幅明天要拿去裱，要挂在城堡。其他的，我特别在巴黎银行租了一个大保险库，香兰的所有画，我都全部帮她放里面。你放心！

贵客二　（形容）“鸟笼中的东方女子”。你看，这鸟笼旁边是……

贵客一　一件旗袍被丢在鸟笼外面。有趣。

停顿。

贵客二　哦亨利，我随便说说哦，我有听说马蒂斯那老头很“欣赏”香兰。

伯　爵　胡说八道。

贵客二　不，亨利，外面有些话传的……

三人看画。伯爵把鸟笼画收起来。

伯　爵　这些都是香兰玩玩的，不算什么严肃的作品，来来来，看这个中国古董，这个冰裂纹才是耐人寻味！

三人看古董。顾香兰C从外回来，脱外衣。仆人接。

顾香兰C　你们好。

伯　爵　香兰回来了。去哪儿？

顾香兰C　去画画。

贵客一、二呆看香兰。香兰悠闲地走到窗边，拿出一根香烟，仆人帮她点。

伯　爵　我看出来了，原来这是清朝仿明朝的，被骗了！被骗了！你看，破绽在这里！香兰，我研究出来了！

停顿。

顾香兰C　那我呢？你研究出来没有？我是清朝还是明朝的？

伯　爵　啊？你要去哪里？

顾香兰 C　我要去有空气的地方，再待下去我要变成古董了。

香兰下。

贵客二　（看古董）看出来了！这破绽太玄了！

灯光变化。

9-7 画室

东——画室、西 / 南——蒙巴纳斯咖啡馆

顾香兰 C、萨尔瓦多、维若妮卡、伯爵、总管

香兰回到东画室，萨尔瓦多指导香兰画画，维若妮卡躺在躺椅上。

萨尔瓦多 香兰，我现在教你，那些写实技巧可以全部丢掉，丢掉！

顾香兰 C 什么意思？

萨尔瓦多 来，（指沙发上的维若妮卡）你现在看她，看到什么？一个贱货，对不对？妈的，她不是个东西，懂不懂？好！有这个正确认知之后就可以开始画。画一个不是东西的东西，懂不懂？不要管她的形体，他妈的，不是东西！画！

顾香兰 C 像这样？（在画布上乱画两笔，拿酒杯泼向画布）

萨尔瓦多 对！就是这样，这样就对了，香兰，你解放了！

萨尔瓦多拥抱香兰。维若妮卡起身。

维若妮卡 你们解放了，那还需要我吗？

萨尔瓦多 需要需要，虽然你不是个东西！

维若妮卡 萨尔瓦多，我们就到此为止！（离开）

萨尔瓦多往维若妮卡走去，抱住她，两人亲密。

萨尔瓦多 亲爱的，别生气，我对你疯狂……

顾香兰C 你们两个！（两人停下来）你们都不是东西！

萨尔瓦多 对！香兰说太对了……

顾香兰C 继续！让我画！

萨尔瓦多 不是东西的贱货！……

维若妮卡 只有贱货才懂什么叫作贱货！操！……

两人在沙发上继续亲密。香兰画他们，画的都是抽象的大笔触。

伯爵上。伯爵第一次进到画室，感觉画室很奇怪，呆看萨尔瓦多跟维若妮卡亲密，看香兰画画。

香兰看到伯爵。

顾香兰C 亲爱的？你怎么会来？

伯　爵 （怀疑地）香兰，不是约好在这里画我的画像？你……他们……

顾香兰C 请你暂时不要说话。

香兰继续画。

伯　爵 哦香兰，老师呢？

香兰指萨尔瓦多，伯爵惊讶。萨尔瓦多和维若妮卡衣冠不整地爬出去。

一定要换一个老师。这人……在搞什么？

顾香兰C 亲爱的，这个老师最好。你应该加他钱。你看，我已经突破了，向前走了，你不觉得吗？（指自己的画）

总管带着茶壶跟鸟笼上，伯爵指示他抽掉香兰的画，换上新画板。

伯　爵 亲爱的，我没有时间跟你胡闹。来吧。

伯爵在躺椅上坐下，举起茶壶跟鸟笼。总管帮他整理衣服。

规规矩矩地帮我画这幅画像。城堡壁炉上我父亲的老画已经拿去修了，这一幅要取代它！来吧。

香兰不太情愿，站着，收拾一下情绪，又坐下，开始画。

萨尔瓦多衣衫不整，拿着一根烟，上，晃到香兰后面，指导。灯光变化。

9-8　蒙巴纳斯咖啡馆二

西／南——蒙巴纳斯／上海咖啡馆

顾香兰 A、五号 A；咖啡馆老板、超现实主义者、哲学家、顾香兰 C、萨尔瓦多、共产党、路易、摄影师、艾丽斯、岗蒂夫人、维若妮卡、神秘舞者、服务生、作曲家、乐手、皮耶

南咖啡馆中，顾香兰 A 对五号 A 说话。

五号 A　伯爵的画像？还有你们的“夫妻像”？就是我们在城堡里看到的……

顾香兰 A　已经被你烧掉了。

五号 A　因为你不想回忆这一段？

顾香兰 A　才不！画得太烂了！一个字，假！当然要烧掉。后来我画的东西远远超过亨利的想象。那些东西是真的。是一个女人赤裸的表白。

五号 A　《鸟笼中的女人》。好想看。这幅画现在在哪里？

顾香兰 A 不语。

顾香兰 A　时间过去了，一切开始远远超过亨利的想象……

灯光变化。

西咖啡馆中，顾香兰C、共产党、哲学家、摄影师、艾丽斯、超现实主义者坐在咖啡馆，抽烟或喝酒，岗蒂夫人也在，但呈现被催眠的状态，共产党跟顾香兰C辩论，神秘舞者一直在场上随意地跳舞。

哲学家　所谓的“现实”只不过是一个集体的猜测，一个方便性的集体合约，因为人类其实是无法接受真正的现实。

超现实主义者对共产党吹泡泡。

作曲家　停！这么好的曲子，怎么写不出歌词，都是你们两个，太烂了！

作曲家丢笔，撕掉谱，往外走。

共产党　香兰，你知道，只有无产阶级革命才能推翻资本主义的剥削和压迫，让我们翻身做主，我说的就是你！你老公！你们这些资产阶级！

顾香兰C　那你今天做主你买单啊！你们这些人，我不来你们今天有酒喝吗？

作曲家　（看香兰手上的本子）香兰，这是你写的吗？

顾香兰C　是，写得不好。

作曲家　不，写得太好了，可以借我吗？（拿香兰手上的本子）

顾香兰C　当然。

共产党　（不自在）这……这……只有全世界的无产阶级联合起来，才能消除一切剥削与压迫，你懂吗？

顾香兰C　……你想不想跟我上床？

超现实主义者对共产党吹泡泡，共产党离开该桌。路易跟维若妮卡上，拥抱，顾香兰C发现他们在一起，打招呼。

维若妮卡 好久没跟香兰聊天，（往香兰方向）香兰？

顾香兰C 你们……？路易？

维若妮卡 我现在开始了解画家跟雕塑家的不同。

顾香兰C 差很多吗？

维若妮卡 差不多。

顾香兰C 那萨尔瓦多……？

路易往哲学家的桌子坐下。

维若妮卡 他已经是过去式了。

顾香兰C 多少次了？

维若妮卡 这次是真的！

顾香兰C 真的？

维若妮卡 这次不一样，我们真的分开了，我彻底看透了！我摆脱了，我根本……我永远不要回到那种折磨，那种厮杀，还有那种报复！

顾香兰C 好！有志气！

维若妮卡 香兰，（态度转变）教教我怎么办，怎么样回到他身边？

顾香兰安慰维若妮卡，路易换桌，到摄影师跟艾丽斯的桌子。

路易望着摄影师跟艾丽斯。

路　易 我想雕你们两个。

艾丽斯　凭什么？

路　易　我很想知道，跟两个异性的同性恋做爱是什么感觉……

路易看两人，维若妮卡听到，注意他的方向。

维若妮卡　喂！我没想到，你是这种贱货。

摄影师　他是。

维若妮卡　街上野狗也很多，你快去！我们两个之间完了！（转身离开）

路　易　（追上维若妮卡，抱住她）亲爱的，我离不开你！

萨尔瓦多上，拿着刀，看见两人拥抱。

萨尔瓦多　放开那个姑娘！路易，你死定了！

路　易　误会、误会！！……

维若妮卡　（对众人）他还是爱我的！

两人开始追逐，维若妮卡追出。

共产党　（突然站起来，脱节地）全世界的无产阶级团结起来！

岗蒂夫人　（突然清醒）团结起来！

共产党　推翻资产阶级！

岗蒂夫人　推翻资产阶级！

共产党　消除剥削与压迫！

岗蒂夫人　消除剥削与压迫！

共产党　保护动物权利！

岗蒂夫人　保护动物权利！

皮耶上，皮耶看到香兰。皮耶眼神有些散乱，凝重地对香兰说话。

皮　耶　香兰……

顾香兰C　皮耶？你怎么会来这里？

皮　耶　对！我怎么会来这里？香兰，你都不回我的电话……从认识你那一天，我就无法控制自己，你日夜在我脑海中徘徊，我……香兰，不要说那么多，今天晚上有国宴，我都不去了，我就是来这个破烂地方找你。走，我带你去吃饭，然后我一定要带你去我最隐秘的公寓，我们可以在那里……

顾香兰C　皮耶，你忘了，我丈夫是你最好的哥们儿。

皮　耶　是……没错。我们从小一起长大，什么都是我赢他，只有一件事情我赢不了他，他的老婆总是比我的漂亮，还有一件事情我永远赢他很多的：那就是我完全缺乏道德感。抱歉，香兰，政治人物道德感必须低下才能成功！跟我走！

顾香兰C　皮耶，你喝多了。

共产党看到皮耶。

共产党（对皮耶）停！就是你！堂堂国会代表，你就是利益团体的走狗，广大无产阶级的死敌！大家站起来！打倒特权！

岗蒂夫人　打倒特权！

皮　耶（微笑）年轻人，回去多读点书吧！马克思我比你熟。这本书第249页，“劳动创造财富，财富创造权力！”（对所有人）今晚喝多少都算我的！

众喧哗。

众　人　耶！万岁！万岁！……

众人在舞者带动之下集体舞动、喧哗。吧台一直开酒，皮耶掏钱。伯爵上，非常错愕地看着四周。总管拿着旗袍跟上。

维若妮卡　资本主义万岁！

众　人　资本主义万岁！万岁！万岁！……

共产党　共产主义万岁！

众　人　共产主义万岁！万岁！万岁！……

艾丽斯　狗屁万岁！

众　人　狗屁万岁！万岁！万岁！……

伯爵拉住狂欢中的香兰。

伯　爵　香兰，这……？！简直是胡闹！我们走了！

顾香兰C　去哪里？

伯　爵　你忘了，今天晚上有国宴，请的都是中国的领导人！外交部还是希望我参加！赶快走，旗袍我都帮你准备好了。

顾香兰C　亨利，不行，我这边很忙。

伯　爵　你……？！（看到皮耶）皮耶，你也来了？你……

皮　耶　我来催香兰去国宴！国宴！

众　人　国宴！国宴！国宴！……

舞者即兴高歌，带领疯狂。伯爵看着这一群艺术家，疯的疯，醉的醉。

岗蒂夫人　大家去国宴！

众　人　国宴！国宴！国宴！……

岗蒂夫人　大家去放屁！ Oh yea...

众　人　国宴！国宴！国宴！……

伯　爵　香兰，你原来都在这种地方混？

顾香兰C　嘘！不要打断他！

伯　爵　香兰。我给你自由是为了让你追求美好的事情，和我一起追求高尚、美好的事物。不是走向低处，像你这样往泥巴去，（大声）在这些破烂地方，跟这些破烂的人！

众安静下来。舞者灵感尽失。

艾丽斯　弄断了啦！谁啊？

顾香兰C　亨利，这就是生命！错过了当下，生命离你而远去！

伯　爵　这就是生命？香兰，你把粪土当作黄金？我错了，原来你真的改不了你的本性。

顾香兰C　我的本性？什么是我的本性？

伯　爵　你就是低，你怎么弄都往低处爬！

顾香兰C　什么叫作低？

伯　爵　你就是一个妓女！你就是我买来的！低，脏。你这个妓女，现在跟我走！

停顿。香兰不动。伯爵将旗袍扔在地上，愤而离去。

顾香兰C　喝酒！

众　人　喝酒！喝酒！喝酒！……

岗蒂夫人　（又兴奋了）喝酒……！ Oh yea...

舞者兴奋地带着众人从咖啡馆走出来。

9-9　出笼

南／西——咖啡馆；东——情人画面；环绕区

顾香兰 A、五号 A；顾香兰 C、皮耶、服务生、路易、萨尔瓦多、维若妮卡、摄影师、艾丽斯、乐手；伯爵

南咖啡馆中，顾香兰 A 在和五号 A 讲话。

顾香兰 A　我其实一直尊重亨利，直到那一个时刻为止。那天之后，我觉得对他已经可以了。接着，我真的自由了！我百无禁忌，我彻底解放了！

五号 A　自由……

南咖啡馆中，服务生把零钱放在顾香兰 A 桌上。

服务生　（对五号 A）先生，这是找您的钱，我们打烊了。

五号 A　打烊了？你们这不是 24 小时的？

服务生　改了。谢谢光临啊。

顾香兰 A　什么玩意儿？（对五号 A）钱要算清楚！这帮人很贼的！

服务生　（对作曲家跟乐手）打烊了，走了，你们要锁门。

顾香兰 A、五号 A 起身，服务生赶还在蒙巴纳斯喝酒的超现实主义者。作曲家灵感出现。

服务生　（对超现实主义者）先生，打烊了！怎么还不走？什么意

思啊？

顾香兰A 笼中的小鸟出笼了，你能叫它不飞吗？以前都不用想，妈妈、金姨叫我做什么就做什么，男人叫我做什么就做什么。现在一切我自己选择！我看到一个全新的我，想到以前在中国，一切都是那么保守落后封闭，现在我已经漂洋过海来到法国，大大地开放，拥抱自由、拥抱生命，尝试各种经验，又过瘾，又刺激……

以上过程中，咖啡馆内，吉他手和手风琴手伴奏，作曲家唱歌。

作曲家 等一下！有了，香兰的词，刚好！

（唱）走进你的梦，

走进你的心，

走进缤纷如幻的梦土，

春天的梦，

春天的心，

遍地芬芳花开燕飞蝶舞。

顾香兰A仿佛掉入回忆中，跟着合唱。

作曲家、顾香兰A 梦深不觉，

春日已去，

你我飘入梦中深深的迷雾，

花落时节，

梦醒时分，

心孤独。

以上歌中，东呈现一些色调浓厚的小空间，每一个独立空间都有顾香兰的情人，正在脱衣服。顾香兰C先和皮耶出现在其中一格，香兰拥抱皮耶，然后是和众情人一一约会的画面，包括皮耶、路易、萨尔瓦多和维若妮卡、摄影师和艾丽斯。四组人进行一种自由、暧昧及充满情欲的舞蹈。

伯爵环绕，在画面前停下，再走下去。

环绕的四个角都有街灯。一位点灯人慢慢把四个都点起来。

伯爵、香兰，各自下。

9–10 忠告

西——城堡餐厅；西二楼；西二楼——卧房；北——湖边；观众席及南——湖

总管、玛莉、行李夫、女仆、顾香兰 C、伯爵；顾香兰 A、五号 A

西灯亮，总管从西北上。玛莉在看照片，一边哭。

总　管　玛莉，麻烦你到酒窖去……（发现他的妻子情绪不对）怎么一回事？东西还没整理啊？快点啊，伯爵跟夫人就要从巴黎回来，你还坐着？怎么了？

停顿。总管抢走玛莉手上的照片。

这不是前夫人跟小尚·路易的照片吗？她写信来了？信呢？

玛莉不语。总管推玛莉，从她屁股下拿出信。玛莉表情不悦。

藏着干吗？你又不会看。

玛　莉　我看照片就看懂了！

总　管　很好，衣服穿得这么漂亮，（收信）信我先收起来了。

玛　莉　喂……（态度缓和）你念给我听。

总　管　你不是看照片就都知道了吗？还要念什么？

玛莉向她先生撒娇。总管翻开信，念信。

"一九三七年七月十号，里昂，亲爱的玛莉，当你看到这封信的时候，我已经在往美国的路上了。我并不想去，只是回法国以后身体一直不太好，家人要我换个环境试试看。要不然要回那可怕的精神疗养院。我是没办法再承受那种拘束。

"你们好吗？现在是夏天，院子里的樱桃应该已经要采收了，做果酱吧。城堡里一定很忙。我经常想念你们，也怀念我在诺曼底的美丽时光。

"尚·路易现在已经是个懂事的孩子了。我本来要他写几个字问候你，可是……"

玛　莉　可是？

总　管　"可是他已经不记得你是谁了。其实这样也好，幸好人类还有遗忘的本能。我没忘记你们，以及诺曼底的一切。

"但愿你能在此生找到快乐，你的朋友，伊莎贝尔。"

玛莉静静地站着，摇头。

好了……工作了，（收照片）不要想太多了……

停顿。女仆上。

女仆一　来了……伯爵跟夫人来了……

总　管　（看右侧）伯爵回来了。

顾香兰C直接上二楼，女仆和玛莉跟上去。久久看不到伯爵。

伯爵上，留在餐厅，不上楼。他封闭，遥远，脸色表情木讷。

伯爵，我们照中国规矩，准备了一点宵夜，要不要请夫人下来一起吃一点?

伯爵坐下，尝一口桌上的菜。

伯　爵　鹿肉。

总　管　我们知道今天伯爵跟夫人要回来，所以打了一只鹿回来。

伯　爵　鹿是全世界最漂亮的动物。

伯爵拿桌上的酒，总管帮伯爵倒。

总　管　对了，主卧室第二间卫浴照您的指示施工已经完成了，可以用了。后墙稍被破坏，但已经修好了。

伯爵不语。

季节到了，可以请朋友来打猎，我记得夫人刚来的时候，您有带她出去打过几次，她应该还蛮喜欢的吧……

伯　爵　她爬不起来。

沉默。

尚·保罗，我记得小时候做错事，妈妈会骂我。骂完了，哭完了，她会带我到一边，跟我说故事，教我怎么做才是对的。

总　管　（胸前画十字架）老夫人很有智慧。

伯　爵　然后就没事，一切都可以重来。

停顿。

再错，还是可以重来。

（激动）再错，还是可以重来！一切都一笔勾销！一笔勾销！

伯爵头趴到桌上。总管安慰伯爵，把他扶起。

伯爵突然振作起来。

尚·保罗，带我去看湖。

总　管　现在？

伯　爵　对，现在。

总　管　可是伯爵，今天是满月，可能看不到什么。

他们带着酒下。灯光变化。

观众席及南纱幕后水纹起。西二楼微亮。顾香兰A、五号A和顾香兰C站在西二楼窗边，向外看。

顾香兰A　那天我洗完澡出来，走出阳台上一看，发现他在看湖，手上拿着一瓶酒和一把猎枪。湖好美。整个月亮照在湖上……

北灯亮，湖边。伯爵坐在湖边的椅子上，手上拿着枪和酒，总管站在他旁边，往湖的方向看。

我看着他的背影。亨利·杜象。我们是怎么了？什么力量让两个人在一起，彼此折磨？

北，伯爵往南湖上看，伯爵将枪指向自己，总管阻止，拉扯中，伯爵突然对远方开一枪，然后从内心深处发出呐喊。

伯　爵　啊——！！

总管安慰伯爵。北、南灯光渐暗。

西二楼，顾香兰A和五号A与顾香兰C站在一起，静静地看窗外。

顾香兰A 虽然如此，不知道为什么，过了一年，亨利突然热心地帮我办了一个画展，在金碧辉煌的一个小皇宫里。

灯光变化。

9–11　画展

东南西北——画廊

总管、玛莉、男仆、顾香兰C、伯爵、市长、随从、萨尔瓦多、摄影师、艾丽斯、路易、岗蒂夫人、哲学家、共产党、神秘舞者、乐手、皮耶、贾克、维若妮卡、超现实主义；顾香兰A、五号A

东南西北灯光亮。巴黎一家画廊，观众席上方空中挂着几排有框但无画的空心画框，想象中，伯爵和香兰的“夫妻像”在旁边，《鸟笼中的女人》在正中间。南区一张桌子上摆了一些餐点、杯子等。玛莉和总管拿着抹布、鸡毛掸子在帮顾香兰整理画展场地，做最后的检查，女仆在摆餐点。

玛　莉　（对女仆）我觉得这碟子好像不太够，你去下面再拿二十个上来。

女　仆　这样不够吗？

顾香兰C上，穿着波希米亚风的服饰。

总　管　（注意到顾香兰C的服装）夫人。

顾香兰C　尚·保罗、玛莉，谢谢你们。你看这一切都布置得这么好，真是太感谢你们了。

玛　莉　哪里，我们也要非常感谢夫人，让我们来巴黎见识见识。

顾香兰C　（对女仆）你在干吗？不用准备那么多盘子，我那些朋友都是野蛮人……艺术家！他们都直接用手抓着吃。不用盘子叉子了！

香兰到一旁整理空中的画。伯爵从西南上，没看到香兰。

伯　爵　准备好了吗？这么一点盘子怎么够？市长等一下要来，是要叫客人用手抓着吃吗？那像什么样子！

伯爵看画的位置。他指旁边，就是“夫妻像”那一幅。

耶？那一幅怎么放在旁边？我说过了，那要挂在中间！

玛　莉　可是那是夫人要我们挂旁边。

伯　爵　开玩笑！（指《鸟笼中的女人》）那一幅怎么会在中间？（指“夫妻像”）那一幅才是香兰的代表作！赶快换！！这笑话闹大了！

香兰突然在北说话。

顾香兰C　亲爱的，我就是你的代表作。所以《鸟笼中的女人》本来就是在中间。

停顿。总管和玛莉不知所措。伯爵看香兰一身波希米亚装扮。

伯　爵　（泄气）唉……！天哪，不是叫你穿旗袍吗？（对玛莉）我不是叫你从城堡多带一些旗袍来吗？

玛　莉　有啊，带来了。

伯　爵　怎么没有拿给夫人穿？

玛　莉　有啊，我……

顾香兰C　旗袍已经脱了。

伯　爵　赶快去拿！（对顾香兰）天哪，今天开的是中国画展耶！市长要来耶！你怎么穿得像个乞丐一样，你是中国画家！你要穿旗袍！

顾香兰C　拜托，亨利，旗袍领子那么高，把身体裹得紧紧的，要穿你来穿哪！

伯　爵　你以前不都是这样穿吗？

顾香兰C　那是以前。今天这是我的画展，我爱穿什么就穿什么！

伯　爵（大声）你的画展？谁出的钱？谁定的场地？谁请的贵宾？凭你的画，你真的以为你有办法在巴黎这种地方开画展吗？你不穿旗袍，一点特色都没有！你给我换！市长马上就来了！（下）

停顿。香兰一人站在众画中。玛莉捧着一件旗袍上。

玛　莉　夫人……

顾香兰C下，玛莉跟在她背后。灯光变化。乐手开始演奏。

众客人在看画，包括市长、随从、路易、哲学家、摄影师、艾丽斯、萨尔瓦多、维若妮卡、神秘舞者、岗蒂夫人、共产党、超现实主义者、作曲家、乐手、皮耶和贾克。

皮　耶　市长，这边请。

总　管　市长好。

皮　耶　这是亨利他夫人的画。

哲学家　大象会把水柱喷在帆布上，框起来，然后说那是一幅画吗？

岗蒂夫人 你有没有注意到？那个路易一直对我放电。

哲学家 这一切只能证明一点：人类无法安逸地活在当下！

岗蒂夫人 跟艺术家上床不知道是什么感觉？

哲学家 我们混乱的思绪正在奔向一个不知名的未来！

岗蒂夫人 不知道那个维若妮卡跟萨尔瓦多在干什么。

哲学家 你搞错了，维若妮卡现在跟催眠师有一腿。

岗蒂夫人 真的？我太惊讶了！难怪他最近都不帮我催眠了。

两人对话终于有交集，但是很自然地，又没有交集，感觉是一样。伯爵在南发言。众人听。过程中，香兰穿着旗袍从西北上。

伯　爵 （感性）感谢所有贵宾今天的到来。香兰的故事是一个奋斗的故事，一个勇气的故事，一个爱的故事。香兰从中国到法国，走了很长的一段路，寻找在艺术上的自己。在中国……以她的情形……怎么可能？过去的香兰，在上海、在中国，你们没看到，只有我了解，现在她可以在我们世界文化之都开画展，她可以展翅高飞……我觉得，实在是……香兰，你要不要跟大家说点话？

众鼓掌。香兰在北，与伯爵相望。

顾香兰 C 我只是一个穿着旗袍的弱女子。今天我能在巴黎开这个画展，都是我先生亨利的关系。你们看到这一切，都是亨利的功劳，我的画展就是亨利的画展。亨利，我永远都是你的！

众鼓掌。维若妮卡倒地。灯光变化。

东南，顾香兰 A 对五号 A 说话。

顾香兰 A 那个画展有点像亨利对我的某一种告别。好像办完了，他对我也没什么义务了，从此，他也不管我了。画是卖了几幅，剩下的，亨利又全部地运回保险库。接着，他大部分时间待在城堡，我待在巴黎，有时候好像故意在躲避对方。有一天，他突然出现在巴黎。我那天原本约了人到家里来，弄得好尴尬。

灯光变化。

9-12　最后的晚餐二

东二楼——巴黎公寓

伯爵、顾香兰 C、巴黎女仆、路易

> 东二楼，一九三八年九月，香兰在巴黎公寓里摆两人的浪漫餐桌。她正点着蜡烛，穿着一件相当诱人的裙子。桌上有上海烛台。
>
> 女仆二冲进来，脸上表情紧张。

女仆二　夫人……

顾香兰C　什么事？

> 伯爵带着公文包进入巴黎公寓。他表情严肃。香兰和女仆突然安静。女仆把灯光弄亮一点。

伯　爵　（表情严肃）没关系，继续。这么晚了还有客人哪！

> 女仆把蜡烛吹熄，然后抽走一份餐具。尴尬。伯爵带着行李进房间，又走出来。他把夹克脱下，坐下来。

对不起，打扰了，香兰。明天我要去一趟英国，处理一点生意。

顾香兰C　什么事？为什么要到英国？

伯　爵　没什么，就是一艘船沉了。装满我们公司古董的船，没什么，一点小事。本来我是要带你一道去，不过我想你现在很忙，所以我只买了一张火车票。没关系，不用操心这件事。一艘船沉了而已。事情谈好，我就回诺曼底。

顾香兰C 哎呀，你现在才说要去英国，我没办法帮你准备东西。

伯爵不正视香兰，仿佛凝视遥远地方，喃喃自述。

伯　爵 （沉默）我的小说写完了。

顾香兰C 啊？

路易带着花在楼下，女仆示意他离开，路易请女仆转交信给香兰。

伯　爵 庄周不知道梦了蝴蝶还是蝴蝶梦了他，我的庄如梦被外在世界追到没有安身之处，梦到另外一个世界，然后去了，一笔勾销……真不错。

香兰不语，不知道他在说什么。伯爵大笑。

顾香兰C 什么时候叫你起床？

伯　爵 香兰，你不用这样对我说话。你对我没有什么义务的。其实我今天来也只是住一个晚上，毕竟这是我的公寓吧。到了巴黎，去住旅馆总是说不太过去。

顾香兰C 要不要吃？我可以马上上菜。

女仆上。

女仆二 夫人，你的信。（小声）他在楼下等你回复。

女仆下。顾香兰C当着伯爵的面拆信，读完，揉掉，不动声色。

伯　爵 有事吗？

顾香兰C 没什么事。

伯　爵　有事还是去处理一下吧。

女仆上。

女仆二　夫人，对方还在等回音。

顾香兰C　你跟他说他可以离开了。

女仆二　可是他样子怪怪的。

顾香兰C　请他马上离开。

女仆下。

就是一个雕塑家朋友，你大概不认识。他最近有一些困难，需要找朋友帮忙……

伯　爵　你是说那个路易，是不是？失意的人是需要有心人鼓励鼓励的。

顾香兰C　我也帮不上他什么忙，顶多就是听他说说话。

停顿。伯爵起身。

伯　爵　香兰，对不起，我明天行程很满，必须起个大早，我先去休息。你如果还有什么事，就去处理好了。没关系。（看到烛台）我的烛台怎么在这里？看来这个烛台对你一点意义都没有。其实对我也没什么意义。晚安。

伯爵进房间，留下香兰一人坐在客厅。灯光变化。

9-13　火车站：神秘广场三

环绕、南 、观众席上方——车祸现场

五号 A、顾香兰 A；火车乘客、家属、顾香兰 C、伯爵、巴黎女仆、车掌；受伤者、搜救人员

西二楼灯亮。顾香兰 A 对五号 A 说话。

顾香兰 A　那是一九三八年九月的一个早上。秋天来晚了，天气还有点闷热。

火车乘客和家属开始环绕。顾香兰 C、伯爵、女仆也在行列之中。他们到西北，等待车掌让他们上车。行李夫帮他们先上行李。

前一天晚上，虽然亨利来了，但是我还是要处理路易的事，等我回来，已经快天亮了，我听到亨利在他房间已经醒了，我赶快上床睡，没多久就被仆人摇醒，说亨利已经要出门到火车站去了，我赶快起来，想反正送走他以后我还可以回来睡，换了衣服，陪他到巴黎北站。从巴黎到卡雷的一一二〇班次老早在第六站台等候着。一路上，我眼睛都睁不开，眼睛一合上，杂梦立刻升起，眼睛一张开，眼前一片杂乱……

车掌吹哨子。

车掌　巴黎往卡雷第一一二〇班次，现在可以上车了。

客人开始上车，家属向他们道别。伯爵也上车，顾香兰C、女仆向他道别。乘客们过了车掌的关卡，绕场走到南。南有一列长长的火车座椅。伯爵跟着大家一起坐下。

灯光渐暗。

全场暗。黑暗中，火车声音起，越来越快，越来越快，声音越来越大。快速的灯光环绕、闪烁着，火车汽笛声响起，多次听到对方来车汽笛声通过，从低音到高音，从远到近到远。

突然之间，巨大的撞击声。安静一秒。

哀叫声四起。观众席正上方高处灯光突然亮起，烟雾弥漫，光影复杂，有十几具尸体躺在上面，五六位搜救人员忙碌地搜寻灾难现场。

搜救人员　（声音）谁能听到我的声音？谁能听到我的声音？（此起彼落地）

灯光渐暗。

9-14 警察局

观众席上方——车祸现场；东北——巴黎警察局；东三楼

受伤者、搜救人员；顾香兰 C、法国警员、法国警官、总管、警官；伯爵

观众席上方高处搜救继续。东三楼，伯爵一人，望着前方。
东北灯光渐亮。巴黎警察局。顾香兰 C 紧张地在和警察理论。

顾香兰C 快一点告诉我！是怎么一回事？

警　员 夫人，麻烦你先填一下这个单子。我们知道你一定很急……

顾香兰C 到底是怎么样？快跟我说！

警　员 夫人，因为速度特别快，死伤很多。到目前为止，光是第一列车厢，就死了六十七人，其中许多还无法辨认身份。

顾香兰C 你们要快！带我去！

警　员 夫人，你的情绪太激动，我们可以了解。

顾香兰C 我看到你们的无能。

总管从外冲上来。见到顾香兰 C。

总　管 夫人！

顾香兰C 尚·保罗！

总　管 我听到消息立刻赶过来，现在怎么样？

顾香兰C 还没找到……他……

警官上。

警　官　您是杜象夫人？

顾香兰C　是。

警官拿出一个公文包。

警　官　您能不能指认这个公文包？

停顿。顾香兰C呆看着公文包。警官打开公文包，拿出一份文稿念标题。

《庄如梦的故事》？

顾香兰C　亨利……

顾香兰C倒在总管的怀里，总管安慰她。警员开始写报告。

灯光变化。

观众席上方继续发出声音：生还者哀叫、搜救者呼叫……

伯爵仍旧望着前方。

9–15 银行

观众席上方——车祸现场；东——银行、南——保险库；东三楼

受伤者、搜救人员；顾香兰 C、银行行员、经理、警卫

观众席上方高处搜救继续。

东灯光亮。银行柜台。几天之后。

行员拿顾香兰 C 存折，到档案柜找数据，又回。

过程中，伯爵仍旧在东三楼，望着远方。

银行行员 夫人，这个账户已经结束。我帮您把存折注销。

行员注销存折。

顾香兰C （惊讶）结束了？钱是给谁领走的？你是不是什么地方弄错？

银行行员 （仔细看）这个户头已经结束了。

顾香兰C 结束了？谁来领过这个户头？我想你们作业上面一定有什么地方弄错了！

经理上。

银行经理 夫人，让我代表本行库向您致上最深的慰问。杜象伯爵上个星期发生这种不幸，至今还找不到……我们都非常难过。有任何能够为您效劳的地方，尽管说。

顾香兰C （开始慌）我来领钱，可是这位小姐告诉我账户里头已

经没钱了。

银行经理 （看存折）夫人，这个账户确实已经在本月十六日结束了。

顾香兰C 十六日？就车祸那天？钱是谁领的？

银行经理 以本行的信誉保证，当然只有存款人本人。

顾香兰C 本人？（激动）不可能！他八点出门，我亲自送他上车的，火车十点开。你们见鬼了？难道他那天下午有来吗？我要看他的签名。

银行经理 夫人，您先不要激动，您要看签名绝对没问题，（对行员）给她看……

行员去找签名单，给顾香兰C看。

顾香兰C （看到签名，对行员）他是几点钟来领的？

银行经理 （对行员）他是几点钟来领的？

银行行员 这上面没有记……

顾香兰C 是十点以前还是十点以后？

银行行员 上面没有记。

顾香兰C （开始骂人）没有记，你自己不记得吗？你们是不是给亨利买通了！

银行经理 请您节哀……

顾香兰C （突然大笑）他以为我要的是那些！亨利！你从头就没搞清楚！

银行经理 夫人……

顾香兰C　（又平静）我们的保险库。请把钥匙给我。

银行经理　是……

银行经理指示行员带香兰进南保险库。

香兰进保险库，是空的。

香兰呆。

顾香兰C　弄错了吧？

银行行员　夫人，没有错，是您的保险库。

顾香兰C　我的画？

银行行员　夫人，都搬走了。说是……

银行经理欲言又止。

顾香兰C　说！

银行经理沉默。行员突然说话。

银行行员　拿去烧了。

停顿。

那天搬走的时候，这是卡车司机跟我说的。

观众席上方继续发出声音：生还者哀叫……

各处灯光渐暗。

-第 十 幕- 活着

10-1 扫地出门

南——城堡餐厅、观众席通道

代书、顾香兰 C、玛莉、总管

北城堡大厅灯光渐亮。很冷，所有人穿着大衣。家具、水晶吊灯不在。代书和顾香兰 C 坐在一张小桌子面前算账，面前一沓文件。

代　书　……夫人，这一笔是伯爵以前投资诺曼底信托公司的债务……

顾香兰C　什么？

代　书　您不知道？伯爵投资的信托公司，前两年倒闭了。

顾香兰C　所以？

代　书　所以我们必须承担 523812 块法郎，这部分我们已经帮您处理了。所以在扣掉遗产税之后……

穿着大衣的玛莉上，将小桌上的咖啡杯收下。

顾香兰C　遗产税？有人能证明我先生死了吗？

代　书　夫人，当然我们很不愿意这样想，但是在法律上您先生已经算是……

停顿。代书拿许多债务的文件给顾香兰 C 看。

您看，最后结算下来您是可以拿到 1550 法郎，请您点收。

代书拿出纸袋，交给顾香兰C。

夫人，我们是一直有劝您，这么急着脱手是很难卖到一个好价钱……

顾香兰C 好了！这些我都知道了！结束了吗？

代　书 这两份文件麻烦您签名。

代书放两张文件在顾香兰C面前。香兰签字。

这半年以来到现在，本事务所一切的义务都到此为止。很高兴我们之间有很好的合作。

代书起身，和顾香兰C握手，代书再坐下整理东西。

顾香兰C 好了，你可以走了。

代　书 夫人，我还有一些事情要处理。

顾香兰C 什么事？你刚刚不是都算完了？

停顿。

代　书 夫人，您好像不太了解。应该是我叫你出去。这栋房子已经不是你的了。

停顿。顾香兰C平静下来。

顾香兰C 可以让我一个人在这边坐一下吗？

代　书 夫人，我就在门口，您好了就跟我说。

代书收东西，往东北下。
停顿。顾香兰C突然发泄，将桌椅往上舞台推倒。

顾香兰C 亨利！我知道你还在外面！没关系，我们走着瞧！我要你好看！

玛莉跟总管上。

总　管　夫人……

顾香兰C　（平静下来）我没事。谢谢你们，这几年多亏你们照顾。你们对我这么好，很抱歉的是，我不知道新来的屋主会带自己的用人……（拿出纸袋）我这边有一些钱，就当作是给你们的遣散费吧。我知道这个一定不够，（把耳环和首饰等给他们）这些都留给你们吧，你们可以到镇上去做点小生意，我想你们感情那么好，一定会很成功的。

总管和玛莉不知如何是好，收下纸袋和首饰。

总　管　可是……夫人，您不就什么都没了吗？

顾香兰C　我有，我还有。

总　管　可是这样真的不行……

玛　莉　是啊……

顾香兰C　没关系，你们放心。我没事，我会活得很好。

代书上，咳嗽。

玛莉过去阻止代书，总管跟上。

顾香兰C　该走了。

上海音乐起。顾香兰C开始脱衣服：外套、洋装、鞋，剩下衬裙，跟离开天仙阁一样。总管和玛莉看见顾香兰C在脱衣服。

玛　莉　夫人，您在干什么？夫人……

顾香兰C往观众席通道走去。

总　管　夫人……

玛　莉　夫人……

顾香兰C穿着一件单衣往外走，像是当年她离开上海妓院一样，穿过观众席，往南。雪花飘下。

10–2 新模特儿

东二楼、东——萨尔瓦多的画室

顾香兰 A、五号 A；顾香兰 C、萨尔瓦多、新模特儿、学画者

东灯亮。萨尔瓦多的画室，萨尔瓦多在教学生画画。顾香兰 C 从南绕到东，在沙发画室上躺着当人体模特儿。

东二楼灯亮。顾香兰 A 对五号 A 说话。

顾香兰 A 一九三九年，战争已经开始，纳粹已经占领了波兰和捷克。不是只有我顾香兰一个人没钱，大家都没钱。（停顿）我从城堡到巴黎，一个人静静地思考一些问题，一般人做的事情我都不会，我该怎么养活我自己？但是没关系，我是顾香兰，我还是拥有我一向拥有的。

新模特儿上，与萨尔瓦多热情拥抱。

新模特儿 萨尔瓦多！

萨尔瓦多 香兰，我们换人了，你可以先走了。

顾香兰 C 起身，新模特儿坐到沙发上，代替她。

顾香兰 C 萨尔瓦多，那我的……

萨尔瓦多 喔。

萨尔瓦多掏钱。许久萨尔瓦多终于掏出一个铜板，给香兰。

不好意思，就这一点，其他的以后再说。（对顾香兰C摆手）走走走。

顾香兰C到画室的衣架前穿上衣服。

10-3 活着

东二楼；环绕区；北——克里西七楼用人房；南——天仙阁画面

顾香兰A、五号A；顾香兰C；街头行人、萨尔瓦多、学画者、维若妮卡；总管；

十里红、金姨、翠琴、媛媛、如玉、萍香、妙莲

顾香兰C在画室衣架换上工作服，到东南拿一把扫把，开始缓慢绕场，一边扫街。她整个样子变了，变得很朴素，头上绑着工作用的头巾。

环绕区有其他路人上，开始绕场。

东二楼灯亮。顾香兰A对五号A说话。

顾香兰A 巴黎一九四〇年被纳粹占领。找工作更难了，我找到一个我喜欢的工作，一个完全不需要跟人说话的工作。每天我在路上，养成了一种习惯，不时地抬头注视街上的路人，我想有一天我会在街上碰到他。亨利。我知道他一定躲在某一个角落里，正拿着那一大笔钱逍遥着……有一天我一定会找到他，我会在他身上加诸十倍我所受的痛苦……然后我就从这一场梦中醒过来，重新开始……

环绕区，维若妮卡在路上发现香兰。

维若妮卡 香兰？香兰？

香兰未语，反而越走越远。人群渐渐散去。顾香兰C顺时针走到北公寓，

和第一部分五号跟江红一样，准确的光定义出旋转楼梯和房间的空间。她到七楼，拿钥匙开门。

顾香兰C进小房间，看着窗外。

顾香兰A 那一段时间，我住在克里西七楼的一间用人房，非常狭小，但是打开窗户可以望见蒙马特的大教堂，视野算是不错。看着窗外，我经常觉得自己可以看到很远很远的地方，我又开始画了起来……

南面舞台灯亮。天仙阁的众先生出现在纱幕后。

一九四一年，我的上海被日本人占领，到处都是战争，我只能从报纸上看到一点点消息。有时我会想起我的姊妹们，不知道她们在遥远的中国遭遇怎么样……翠琴、如玉、妈妈、金姨，我好想跟她们说话，但是她们听不到我的声音……

南灯光渐暗。

10-4 新工作

东；东——第一个帮佣家庭；西——非洲式房子

顾香兰 A、五号 A；街头行人、顾香兰 C、女主人、男主人；新夫人、小男生、小女生；王先生 B

东二楼灯亮。顾香兰 A 对五号 A 说话。

顾香兰 A 那段漫长的日子，只能做一件事：活着。一九四四年，巴黎光复了。（狂欢群众上，欢呼拥抱）多年来残酷的战争眼看就要结束了。那天我和所有的巴黎人一样，在街上抱在一起，唱歌跳舞、大声尖叫，可是，第二天醒来，狂欢后的街道还是归我扫。

西南一张简单的沙发椅，居家的感觉。女主人坐沙发上抱着一个婴儿。男主人站她后面。

顾香兰 C 换成保姆装。

战争过后日子好一点。我给自己取了一个法文名字，找到一个我一直向往的工作……

五号 A 那很好。是……？

顾香兰 A 我自己没有孩子。帮人家带一带，我还蛮喜欢的。不过有的老板对我不错，有的根本不像人。

婴儿的哭叫声。顾香兰C到西南，女主人把婴儿给顾香兰C，然后下。男主人从香兰后面走过来，摸顾香兰C的屁股。香兰强忍，看到女主人出来，终于把婴儿给女主人，下。

后来我运气不错，找到一家好的。很单纯的一个家庭，刚从非洲搬来，一对混血的双胞胎，好可爱。太太人很好，是非洲人。我记得，第十二区勒汤道56号，文生森林旁……

顾香兰C绕场进入西非洲房子。房子有些非洲装饰品，但因为主人刚搬家，到处都是新搬来的木箱。香兰在帮新夫人整理刚搬来的东西。新夫人穿着传统非洲服装，优雅而好心。

新夫人 安吉利克，这一箱搬到那边去。

香兰搬东西，都是异国情调浓厚的非洲装饰品。

顾香兰C 好多。

新夫人 今天到的才是一小部分。尚·路易收集太多这种东西。我不管，我们先帮他搬出来，等下个月他来了他自己还会再重新弄一次。

顾香兰C 是。

新夫人 安吉利克，你是哪里人？你的法文有一种口音，你是……？

顾香兰C 我是从越南来的。

新夫人的小孩，小男生、小女生（双胞胎）放学回来。

新夫人 你先帮双胞胎做点心。

顾香兰C 是，夫人。

小男生 安吉利克，救我！

小女生 安吉利克，不要帮他！

新夫人 （对小孩）不准拿这个！

小男生 安吉利克，我要喝汤！

小女生 喝汤！

新夫人 他们好喜欢你做的菜。（对小孩）先去洗手！

小男生、小女生下。

等一下。

顾香兰C停下来。新夫人拿一个信封带给她。

本来你的工作只是带小孩，可是你又常帮忙做菜，做得那么好！所以我这个月要多给你……

顾香兰C （收下）太多了吧。

新夫人 希望你长期在我们家做下去。

顾香兰C 夫人，你人真的很好。

新夫人 我们要努力一点。这边整理完，下星期还有一些家具要来。

灯光变化。

10-5 说故事

西二楼——非洲式房子卧房

顾香兰C、小男生、小女生

西二楼灯亮。非洲式房子卧房，双胞胎在床上打闹。香兰正在帮他们盖被。

顾香兰C 睡了。

小男生 安吉利克，我要听故事！

小女生 听故事！

顾香兰C 睡了。

小男生 我们要听故事！

小女生 很久很久以前……

香兰笑一笑，想一想。

顾香兰C 很久很久以前，在中国有一位诗人叫庄如梦。有一个坏人叫秦始皇。他不准任何人写诗。他要把所有的书烧掉，把所有诗人抓起来埋在一个坑里！

小男生 为什么要把书烧掉？

顾香兰C 他就是不想留下任何过去的事，懂不懂？

双胞胎在床上听得津津有味。

坏皇帝把庄如梦也抓起来了！结果等到要把他活埋的那一天，狱卒来到庄如梦的牢房，打开门一看，他已经死了！好了，讲完了，睡觉。

顾香兰C站起来。

小男生 还要听。

小女生 一定没讲完！

小男生 大人都是这样！

顾香兰C 那你们要闭眼睛，睡觉。

双胞胎闭眼睛。

其实庄如梦还是赢了。

小男生 怎么会？

顾香兰C 嘘。听。原来庄如梦有一段日子住在一个湖畔，练了一种特殊修行，让自己能够控制自己的梦。他在自己的梦中能够来去自如，随心所欲，然后醒来过着日常的生活。所以说，庄如梦被秦始皇囚禁之后，他每天努力睡觉，在睡眠中努力工作，创造一个梦中世界，在行刑前的那一天完成了。然后他悄悄地逃走了，消失到他自己创造的梦中世界中，不再回来。

停顿。

小女生 （半身起）你编的。

顾香兰C 不是，是我在另一个生命里认识的人编的。睡了，晚安。

（下楼）

小女生　我也要梦出一个自己的世界。

小男生　我梦得一定比你更好。

灯光暗。

10-6 发现

西——非洲式房子

顾香兰C、新夫人、小男生、小女生

西灯光亮起。顾香兰C和新夫人在西继续整理一些不同的木箱。房子摆满了更多非洲东西。

新夫人 安吉利克，后面还有个箱子没开，帮我拿过来。

顾香兰C 这么多东西。你先生品味真不错。

新夫人 什么品味？他乱七八糟什么都收集。有时候我都觉得我是他收集来的！

二人边工作，边笑。

你呢？一直没有问，安吉利克，你结婚没？

顾香兰C 我？我先生死了。

新夫人 对不起。多久了？

顾香兰C 十几年了。

新夫人 （突然难过）你先生走后你才做这个……？对不起。

顾香兰C 没关系。

双胞胎跑到楼下玩，小男生手上拿着木箱里面找出来的烛台当剑跟小女生玩。顾香兰C和新夫人见状站起来，制止他们两个。

小男生 看剑！

新夫人 （不耐烦）尚·保罗！不准闹了！这是爸爸重要的东西，弄坏怎么办！放回去！

双胞胎继续玩烛台。香兰惊讶地看烛台。

放回去！

新夫人把烛台抢过来。

跟你说不准玩！去房间！乖，上去了！安吉利克马上帮你们做点心。

双胞胎继续玩，下。

顾香兰C （指烛台）夫人，那个是烛台吗？我能看一下吗？

新夫人把烛台给香兰。香兰惊讶地看。是上海那一座。

这也是非洲来的？

新夫人 我也不知道是从哪里来的，从我认识尚·路易的时候，就一直在他身边了。

顾香兰C 尚·路易？

新夫人 就是我先生。

顾香兰C 对了，我从来没有看过他的照片。

新夫人 他这人从来就不爱照相。一看到相机就躲得远远的。不过我记得有一张。等一下。

新夫人起身找相片，在木箱里翻，找到相片。

有了！来。这张还是我趁他不注意的时候偷拍的。

新夫人拿相片给香兰。香兰吓一跳，照片里就是伯爵。

这就是我的尚·路易……

香兰呆呆地看着照片。双胞胎又跑出来玩。

小男生 我要去拿宝盒里的战剑。

小女生 我要去拿隐形魔球对付你。

新夫人 尚·保罗！不准动木箱里的东西！弄坏了怎么办？爸爸会生气。

小女生 你没有战剑，你完啦！

双胞胎继续玩。香兰准备离开。

新夫人 安吉利克，尚·路易下星期就要从非洲回来了，我希望你这个周末帮忙加班，把事做完，好吗？

顾香兰C （到衣架拿外套）夫人，我不知道怎么跟你说。我只能做到月底，就是今天。

新夫人 什么？

顾香兰C 对不起，夫人，我……有些私人问题要解决。谢谢你。你对我很好。

顾香兰C转身离开。新夫人愣在那里。灯光变化。

- 第 十 一 幕 -　一切可以重来

11-1 跟踪一个不存在的人

北；东二楼 / 南——码头、环绕、西 / 西二楼——非洲式房子、东北

顾香兰 A、五号 A；顾香兰 C、伯爵、新夫人、小男生、小女生、新仆人；船员、乘客

西北灯光亮。顾香兰 A 对五号 A 说话。

顾香兰 A 那是亨利没错！这么多年了，他终于回到巴黎！我太惊讶了！

汽笛声，船员吹哨子。在以下的叙述中，汽笛声响起，东二楼灯亮。一艘游轮靠岸的景象。乘客由船员指示，从东北二楼下楼梯到东北一楼，画面热闹。伯爵下船，招手，新夫人、小男生、小女生、新仆人都在楼梯下迎接他。顾香兰 C 躲在家属后面看。王先生 B 也在下船行列中，开始绕场。

从那一天开始，我就没有做事，每天偷偷地看着他们一家，像一场梦一样，跟踪一个不存在的人！

伯爵一家进西非洲式房子，一家四口围在餐桌旁用餐，新仆人服侍他们，房子里是一副和乐融融的景象。屋内布置典雅而带有异国风情。顾香兰 C 走到西南，一直在外面注视着他们。

我就这么白天、晚上偷偷在他们家附近徘徊，看着房子里面的动态。有时候是一家人围着吃饭，有时候是妈妈在跟小孩说故事。有那么一秒钟，我以为是我站在里面，餐桌旁的女主人是我，顾香兰，这个家庭原本是我的……

晚上。观众席水纹起。伯爵出现在南，顾香兰C退在一旁黑暗处看。

偶尔亨利在吃完晚饭之后，会走到他家对面的文生森林，散步到公园的湖边，我通常躲在树下的阴影里，偷偷地、仔细地看他。

五号A 你没有跟他说话？

顾香兰A 讲什么呢？“嗨！亨利，你好，好久不见！”太便宜他了！这么多年，我这么多痛苦，我要慢慢等，找到最适当的机会，把这一笔账算清楚！

伯爵在南公园里小湖边丢石头，顾香兰C躲在一旁看，伯爵无意地转向顾香兰C的方向，但没发现她，伯爵转身离开，回家。

五号A 他都没发现你吗？

顾香兰A 他不会去注意一个梦中的阴影。

11-2 入侵

西——非洲式房子、环绕、西南

顾香兰C、伯爵、新夫人、小孩一、小孩二、新仆人

光线从晚上变成白天。顾香兰C在西南偷窥。在新仆人协助下，双胞胎出门上学，边走边向新夫人招手，接着，伯爵从家中出门办事，手上提着公文包。新夫人送他，在门口，他和新夫人拥抱，不特别热情。送完先生和孩子出门，新仆人进屋子，新夫人坐在南户外椅上许久，然后开始哭泣。

顾香兰C在一旁看。顾香兰C接近新夫人，拿出自己的手帕给她。

顾香兰C　手帕。

新夫人　（接下手帕）安吉利克？

顾香兰C　我刚好经过这里看到你。夫人怎么了？

新夫人　（抱住香兰）安吉利克，怎么办？

顾香兰C　夫人，不要这样……

新夫人　（摇头）尚·路易生病了。

顾香兰C　谁？喔，“尚·路易”。

新夫人　医生说是癌症。（难过）对不起，让你看见我这个样子，进来喝杯茶。

她们走进房子，客厅已经摆满非洲装饰。顾香兰C在沙发上坐下，

到处看。烛台在茶几上。

安娜，请你帮我们准备茶。

顾香兰C一直看着茶几上的烛台。

顾香兰C 房子现在弄得好漂亮。

新夫人 那都是尚·路易弄的。我才无所谓。只要大家能够在一起，健健康康的……

新夫人哽咽。香兰安慰她。

（稳定下来）对不起。谢谢。

顾香兰C 没关系。你们是在非洲认识的？

新夫人 没错。我们是在科特迪瓦认识、结婚的。

顾香兰C 哪一年？

新夫人 一九四一。那时尚·路易到我们科特迪瓦来，跟我父亲买了一个农场，开始种咖啡。

顾香兰C 他本来就做这种生意吗？

新夫人 我不知道。

香兰好奇地看着新夫人。

也许你觉得奇怪，但我们觉得过去的事不重要。尚·路易年纪比我大很多，当我们决定在一起时，他很严肃地对我说，他不想提过去。

顾香兰C 这样也好。

停顿。新仆人上茶。新夫人难过起来。

新夫人 其实我在巴黎没什么朋友，我实在无法想象没有他的日子。我是那么依靠他，还有这两个孩子……

顾香兰C 我真的不知道如何帮你。

新夫人 你已经帮我很多了，真的，谢谢你。

新夫人起身。

安吉利克，我身体不太舒服，我进去休息。你再坐一下。

顾香兰C 我也该走了，你好好休息。

新夫人 你要来看我。

顾香兰C 会。

两人拥抱。新仆人扶着新夫人下。

香兰走到门口，又转回，将茶几上的烛台拿走，下。灯光变化。

11-3　记忆中的脸孔

北——克里西七楼用人房；环绕；东北

顾香兰 C、王先生 B；顾香兰 A、五号 A

北灯光亮。顾香兰 C 上旋转楼梯进北小公寓，把烛台放下。
穿着西装、拄着拐杖的王先生 B 继续绕场。
西北灯亮。顾香兰 A 对五号 A 说话。

顾香兰 A　命运真难测。我每天都在盘算怎么对付亨利，可是没想到居然是这样。在这时我的生命中出现了一个重大的转折……

王先生 B 爬上旋转楼梯，站在顾香兰 C 门前。

一个原本在我记忆中消失的人竟然出现在我面前。

王先生 B 看看门牌，再看看手上的纸条，敲门。

顾香兰C　谁啊？

王先生 B　（慢慢地）对不起，我法文不太好，我说中文好吗？（流利，带上海腔）请问是不是有一位顾香兰顾小姐住在这里？

顾香兰C　你是哪个？（上海口音）

停顿。

王先生 B　香兰！我是德宝啊！上海的德宝。你还记得我吗？

顾香兰C　王德宝。（停顿）王德宝？你不是……？

王先生B　香兰，开门啊！我是专程从上海来看你的。赶快开门啊！

顾香兰C　（上海口音）你先到楼下去，十分钟以后我下来。

王先生B　香兰，我不下去，我都已经走这么久了，我就在门口等你。

顾香兰C　你下去嘛！

王先生B　香兰，你早一分钟开门，我就早一分钟见到你。

停顿。

顾香兰C　你等等。

顾香兰C开始疯狂地整理房间的杂物和自己的服装仪容。门外的王先生B也在整理自己的头发和服装。

顾香兰C快速地擦口红，检查一下，然后开门，站在门口。

两人相看许久。

王先生B　香兰，我终于看到你了，你还是这么美。

顾香兰C　德宝，真的是你……？

王先生B　真的是什么？我好得很！只是那次之后……声音变成这个样子，行动也比较不方便。

香兰用身体顶住门口，不让王先生看到里面。两人在门口交谈。

顾香兰C　什么时候来到巴黎的？

王先生B　我从意大利过来，我现在在那边有个工厂，这几年一直在其他国家来回跑，现在我在英国、法国、意大利都有生意。

顾香兰C　嗯。那一天……？

王先生 B　我们去吃饭嘛。

顾香兰C　现在？

王先生 B　就现在。我车子在楼下。

五号A和顾香兰A在东。

顾香兰 A　王德宝……

五号 A　王德宝？

顾香兰 A　王德宝，我看着他的脸，这个曾经是我生命一切的人，我认识他吗？

顾香兰C和王先生B绕着旋转楼梯下楼，走向东边餐厅。北灯光渐暗。

11-4 回中国

东——高级西餐厅

顾香兰 C、王先生 B、侍者

东灯光亮。

侍者一 那瓶特别的香槟准备好了没？

侍者二 有预订吗？

侍者一 就是这桌客人的。

顾香兰 C 和王先生 B 进入东边餐厅。

顾香兰C 到底怎么回事？

王先生 B ……我想全世界没几个活着的人知道砒霜是什么味道。那个味道今天还在我嘴里。那一天，我半条命都没了。路边善心人士把我救起来，养了半年才把命捡回来。但是只捡回一半。一直是半条命，一直没好，根本没好。家里事业垮了，天塌下来了，我拼命让它活过来。事业活了，可是我活着就是半条命。直到今天。

香兰看着王先生 B。

多吃一点，这家餐厅可是巴黎出了名的高贵。

顾香兰C 我知道，我以前常来。

停顿。

王先生 B 香兰，跟我回中国吧。

顾香兰C 回中国？

王先生 B 回中国。

停顿。

香兰，这么多年来我所有走过的路就是为了这一刻。我做生意，赚钱，把家里事业全部翻回来，在国外成立公司，扩展业务，只是因为……因为无奈。我只知道我活着，我必须走很多路，不断地往前走，一直到有一天，我找到你为止，你懂吗？香兰，时候到了，我现在找到你了，跟我回中国。

停顿。

顾香兰C 你还是没有变。你有没有看清楚你在跟谁说话？

王先生 B 我清楚我在干什么，我不是以前的王德宝。

顾香兰C 我也不是以前的顾香兰。你要的也不是我，你要的是二十年前那个在天仙阁的顾香兰，刚刚在我那个小到不堪的用人房里，你有看到她吗？

停顿。

王先生 B （殷切地）香兰，跟我回中国！一切都不一样了！中国也已经不一样了！过去的一切都不算，你懂不懂？！一切可以重新来！

顾香兰C　一切重新来……（大笑）

王先生B　重新来！跟我回中国。

顾香兰C　中国？

王先生B　中国。

侍者上菜。灯光渐暗。

11-5 伯爵之死

南——并排台北病房、上海病房、巴黎病房

五号A、医生A、护士二；顾香兰A、五号B、雪雪、上海护士、上海医生、工友；伯爵、新夫人、小男生、小女生、新仆人、顾香兰C、神父

南主舞台灯亮。画面出现三种并排的空间，在三种不同光线之中：从右到左舞台——

右边是台北病房2000年，中间是上海病房1999年，左边是巴黎病房1950年。

右舞台医生A点蜡烛，护士二扶五号A坐起。

五号A 说到哪里？

医生A 王先生邀顾香兰回中国。

灯光转到中间区，上海医院。顾香兰A接下故事。王先生B由东南上。

顾香兰A ……王德宝终于得到我了，可是他还是像以前一样天真，以为带我回去就是给他幸福。更天真的是他一辈子爱的是一个回忆。他非常爱我，但是他根本不认识我。但是他真正最天真的是他相信“新中国”需要他这回事，带着我一块儿回来投入祖国的建设。那个时候多少海外各地的中国人全都回来了，回来贡献自己。那是一个很残酷的笑话。

接下来几十年的故事反而很平凡，我的遭遇就跟所有千千万万的中国人一样。还好我在巴黎的时候已经学会扫街了，知道怎么样让自己活下去。

“文化大革命”的时候，德宝死了，以他的身家背景，这是最好的结果。“文革”是个死亡的好时机。我在那个时候没死成，活到现在。这其实就是我的问题，我最大的问题就是我活太久了。

王先生B经过上海病房，由西南下。上海护士上，准备帮顾香兰A打针。

什么事？你干什么？

上海护士　止痛……

顾香兰A　不要打，你告诉她不要打了。

上海护士　一下就好。

顾香兰A　（激烈地）不要再打！……（咳嗽）不要再打！……

五号B　不对，赶快叫医生。

同时右舞台灯亮，五号A同时呼吸困难。

医生A　还好吧？放轻松……呼吸……

同时左舞台巴黎病房中，伯爵也一起发作，一群人跟着紧张。

右舞台五号A安静下来。

医生A　没事了，我在你旁边。

五号A　我那时真的很难过……

医生A　你不要讲了。

五号 A 不行，我一定要讲，看到顾香兰这么痛苦，我真的很难过，我想，她死了，我也没有活下去的意义了。死亡已经逼得这么近了。

中间，上海医生带急救人员进场急救。

急救人员 好了，请让开！喂，让远一点！

顾香兰 A （激烈）不要！我不要这些东西！……

上海医生和急救人员粗鲁地抓住顾香兰 A 的手臂。

五号 B 医生，你可不可以轻一点？

顾香兰 A 我活太久了……你走，你给我走！

五号 B 可不可以让她照自己的意思来？

上海医生 她现在很不舒服，我们必须给她打止痛针。

顾香兰 A （爆发）够了！你们要折磨我到什么时候？让我把我想说的话说完！我这一辈子还不够吗？到最后还被你们插一些管子，插一些针的，你们就不能放过我吗？出去！都给我出去！

停顿。医护人员下。

（对五号 B）我剩下的时间不多了，但是我告诉你，我顾香兰不是这一辈子都活得这么窝囊的。曾经有那么一天，我是灿烂的！离开巴黎回中国的前一天，我终于在准备了这么多年之后，完成了我这辈子最得意的事……

左舞台灯光亮。巴黎病房中，气氛凝重。

伯　爵　埃玛，我想看看窗外。埃玛，扶我到窗边看一下。

两个小孩、新夫人扶伯爵到窗边的椅子坐下。

你们都站远一点，我想一个人看看窗外。

穿着艳丽旗袍的顾香兰C横越舞台，从右到中间，站到巴黎病房门口。新夫人发现了她，起身。

新夫人　（感动地）安吉利克，谢谢你来。

顾香兰C　不会，雷诺夫人。我明天要去中国了，所以我想今天来看一下……亨利。

新夫人　谁？

顾香兰C　亨利。

新夫人　亨利？

顾香兰C走到伯爵面前。

顾香兰C　亨利，我来了！好久不见了！

伯爵抬头，惊讶地看着顾香兰C。

新夫人　尚·路易，这是安吉利克。

伯　爵　安……？

新夫人　你回来之前，她一直在我们家帮忙打扫、做饭。

伯　爵　打扫……？

顾香兰C　没关系，亨利，你不要伤心，明天王先生就要带我回中国了，就是上海那个王德宝，你还记得吧？我明天就走了！今天来给你上杯茶。

香兰打开披风，露出手上的茶碗，上茶给伯爵。

你放心，我会活得好好的！

话说完，顾香兰C从右下。

伯　爵　香兰……

伯爵错愕，望着香兰下的方向，突然之间心脏痛，无声地，头垂下，全身无力，断气。新夫人发现。

新夫人　**尚·路易！！……**

新夫人、两个小孩冲到椅子边，围住伯爵。神父上。

南左舞台灯光渐暗。

11-6 顾香兰之死

南——并排上海医院、台北医院

顾香兰 A、五号 B、雪雪、上海医生、工友；顾香兰 B、顾香兰 C；五号 A、医生 A、护士二

南并排医院，巴黎医护人员收掉左舞台巴黎病房中的病床。左舞台空。舞台中间灯亮。上海医院。右舞台台北医院在影子里。
气氛凝重。顾香兰 A 呼吸困难，拉住五号 B 的手。

顾香兰 A 亨利，我的时间不多了，我就快要走了……我现在看到的所有东西，好清楚，好像都是透明的……墙壁、你的手、我都抓不住了，好像它们原来真正的面貌开始要出来了……

顾香兰 C 从右舞台上，顾香兰 B 从左舞台上。她们穿着离开妓院与城堡时的简单内衣，赤脚。她们站在下舞台左、右侧，面对面，但是眼光焦点遥远，像是两个守护神，站在老顾香兰的床边两侧，守住这最后的时刻。

其实我们一辈子就好像一出戏，这出戏是我们自己编的，戏中谁是好人、谁是坏人，是我们自己在决定。到后来，时间久了，也都不重要。等戏演完了，落幕了，我们可以走出剧场了。

顾香兰A紧紧拉住五号B的手，直接对他说话。

亨利，我真的很高兴可以有这个机会跟你说说话，我知道你心里头难过，所有这些你对我做的，还有我对你做的，你欠我的，我欠你的，就不要再紧紧捉住不放了吧！……

右舞台台北病房中的五号A起身，站在旁边顾香兰A的床边，和五号B一起聆听顾香兰A最后的话。医生A和护士二也靠过来听。表面上，也可以解释成五号A站在自己病房窗边看着外面，好像看到了上海医院一样。

顾香兰A直接对五号B说话，好像意识已经不清楚了，但说话又很清晰。

我对你一直有很深的歉意，我曾经恨你好多年，现在我终于有机会可以跟你说说心里的话，说出来，我的心里也轻松多了……

五号B 这样很好。

顾香兰A 不要说话，亨利，就让我们安安静静的。

沉默。

顾香兰A安静地闭眼。站在床两侧的顾香兰B和顾香兰C慢慢走向彼此，在顾香兰A的床前交叉，两人身体重叠的那一刹那，挡住顾香兰A，一走开，顾香兰A已经安详地躺着。顾香兰B和顾香兰C继续向前走，于左、右消失。。

右舞台台北病房，医生A、护士二扶五号A回床躺好。

中间上海病房中，非常平静。五号B安静地拉着顾香兰A的手。看护、上海医生突然闯上。

雪 雪　医生，我告诉你伯母这个人就是倔强。

看护发现不对劲，顾香兰A已经没有动静了。

怎么了？伯母？

五号B用手势叫看护小声一点。上海医院员工二人进场在顾香兰A身上盖上一块白布，他们将顾香兰A推出去，安静地。

五号B目送顾香兰A的尸体被抬下的方向，然后回到病房中，面对老烛台上还点着的蜡烛。五号B柔和地弯下身，把蜡烛吹熄。

五号B把烛台收进自己的手提行李，离开上海病房，开始拿着手提行李绕场，旅行。

-第 十 二 幕- 最后的旅程

12-1 最后的旅程

南——台北病房;环绕、北——巴黎公寓、西——非洲式房子、北——小酒馆;东/西二楼——城堡

五号A、医生A、护士二;五号B,江红A,中年妇人,小酒馆客人一、二,孙女,城堡经理,柜台职员,城堡侍者

南右舞台灯光加强。台北病房中,五号A也渐渐地到了他故事的结尾。

五号A (虚弱地)今天我要把故事讲完。点蜡烛。

医生A 她叫你亨利。

停顿。

五号A 我今天要把所有的故事讲完。

顾香兰死了以后,我盲目地生活了一阵。我又回到台湾。一九九九年年底接近了,为了远离千禧年一切的庆祝与欢乐,我想回到诺曼底的城堡,想单独一个人过这个新年,在寒冷的城堡中,被白色包围,希望能够睡一觉醒来,还在白色中。

北灯亮,五号B在准确光区中绕巴黎公寓旋转楼梯。

经过巴黎的时候,我去找江红。我沿着路走回去,回到那个公寓,那个熟悉的楼梯,我花了更长的时间才爬到顶楼。

到了门口，跟我想象的一样，门依然是坏的。

北，五号B开公寓门，面对一间空空的房间。

医生A 她走了？

五号A 她不在了。

北，五号B在小小空间里看着窗外。

我在那熟悉但现在却又空空的房间里待了一个晚上。我透过窗户看出去，看到月光照在那个白色的教堂上，我心想，她会不会也在另外一个地方，看着白教堂，想我是不是看着白教堂，想着……

停顿。五号B在公寓里开始翻地板。

你记不记得我们在诺曼底城堡玩一个艺术家的游戏？我就想她是不是埋了什么东西给我？房间里也没剩什么东西，我翻了两下，我就在一个夹层中发现了……

南，五号A挣扎在台北病房矮柜抽屉里翻东西。

医生A 什么？

护士二 我帮你找。

北，五号B从巴黎公寓的地板中挖出一个小船，附带一封信。
同时南五号A在台北病房矮柜抽屉里找出同样的小船和信。护士二看信，医生A看小船。

五号A （指护士二）你念……

护士二 （念信）“嗨，发烧的人……”

北，五号B在公寓里开始念信。

五号B　（念信）“嗨，发烧的人，当你看到这封信的时候，表示你很聪明，身体健康，而且房东还没有把房子租出去……”

江红A出现在北，绕光区中的旋转楼梯，往上爬，但她好像不是在同一个空间里。她手上拿着一个小船，进五号B正在念信的小公寓中，但也好像不是在同一个时间里。她接过念白。

江红A　“嗨，发烧的人，当你看到这封信的时候，表示你很聪明，身体健康，而且房东还没有把房子租出去。

“你走了以后，好长一段时间，我陷入一种长期的忧伤，那个忧伤为我每天的日子涂上色彩。也许你会说，这没有什么，江红本来就一直都陷入一种长期的忧伤中。

“有一天，看着窗外的白教堂，我也对自己这么说，自从那一艘船以后，本来就如此。那一天，我发现那个忧伤是我自己要的，我靠那个忧伤过日子的：（握紧手上的小船）‘你永远在我心里……我会永远跟着你，永远跟着你……’这是我离开中国之后生命的主题曲。为什么我们最爱的东西给我们最大的快乐，也给我们最大的痛苦？我决定改变。我觉得，让一刹那的时间扩大成永恒不散的记忆，还不如满满地活在那一刹那之中。就好了。

“我和你可以有那么一段时间在一起，而且可以那么的好，就好了。

"江红于巴黎。"

停顿。江红A蹲下，把小船埋在地板里，然后起身往楼下走。

五号B在地板里埋一个小东西，然后跟着出去。两人绕楼梯小圈，但也好像不是在同一个时间里。

绕到楼梯的"下面"，江红A消失在西北；五号B继续往南绕场。

南病房。五号A咳嗽，医生A和护士二靠近他。他说话的声音已经听不见。以下的声音是他很小的声音被扩音到充满整个剧场。

五号A 我走在巴黎冷冷的街头，起了一个疯狂的念头，找了一个地址：第十二区勒汤道56号，文生森林旁。

医生A 伯爵后来住的家？

五号A 我找到了。就在公园旁。我敲了门，一位混血的中年妇人开门。我站在那儿看她看了好久，不知道要说什么。我好想亲亲她的额头，摸摸她的头发。但我什么都没说。

五号B通过南，走到西非洲式房子，敲门。中年的双胞胎女生开门。停顿许久。中年妇人请五号B入，五号B看着房子，开始哭泣。

她说那是她妈妈留下来的房子。我们看了一些相片，她问我是不是她妈妈的什么人，我不知道为什么，我在那儿哭了好久。

西灯渐暗。

第二天是千禧夜。我往诺曼底的城堡出发。到了下火车那个小镇，我想到小酒馆去看一看。

北灯亮。五号B走到北，穿着大衣的孙女在扫雪，回头看到五号B。

刚下过雪，那位年轻老板正在门口扫雪。她一下就认出我来。

我跟她说，我只是经过……我只是想看看她爷爷……她爷爷……

孙女在胸前画十字。

她跟我说，她爷爷过世了。那是年初的事了。然后她问我要不要进去坐一下，我说不用，我还要往下走，要往下走，我就真的用走的，在雪地中走了快一个小时……

五号B走入东南。城堡经理、柜台职员和男服务生带五号B经过南往西二楼十八号卧房。

城堡以一贯的专业欢迎我，并给我同一间房。城堡经理问起我，说城堡一直在期待我的“作品”。我带来了。

南，五号A挣扎在病房矮柜抽屉里翻东西。

医生A 什么东西？

五号A 还剩两个。刚好给你们。

五号A拿两个小东西给医生A和护士二。

医生A 你真的做了？

西南城堡楼梯口，城堡经理也出来看“礼物”，与五号A握手致谢。

五号A 铁我是化不掉。我就拿剪刀和其他工具把那一位太太给我的鞋子和钢笔变成一小块一小块的，然后又黏起来了，变成这个。

医生A、护士二、城堡经理分别在两处看小东西。

我一个埋在江红的公寓里，一个送给城堡，刚好还剩两个。

西二楼灯亮。城堡经理和男服务生带五号B上西二楼卧房。

到了房间，我看着湖，看到在湖边有一艘船。我问城堡经理，那是在干什么？

西二楼，五号B和城堡经理比手画脚。

他说我来得正是时候，今年镇上有一个非常特别的千禧夜仪式。我心想，我怎么跑都逃不掉这个热闹。但他们诚恳地邀请我参加，说这个仪式非常特别，是从上个千禧年，一千年前保存下来的，属于他们这个区域的，而且马上要展开，从我的窗户就可以看到。

在这个仪式中，村民要把所有不想带到新千禧年的东西，包括各种病菌，战争，穷苦，不平等，等等，装到箱子里，放到一艘小船上，给镇上长者带到湖中间去倒掉，仿佛神秘地跨过了一个隐秘的门槛，把所有不想带过去的东西留在那个神秘空间里。

12-2 千年仪式

北 / 南——湖边及水上的小船

五号 B、狂欢者、城堡经理、柜台职员、城堡侍者、民众

乐手在北奏起喧闹的节庆音乐。狂欢者上，跳舞，民众欢呼。民众之中，也有五号 B。他已经下楼了，身体虽然虚弱，但是融入了人群之中，头上戴着节庆的花环。

热闹的舞蹈。过程中，四个男人带着包裹穿越观众席到南，一艘小船边。

舞蹈完毕，所有人站在北看南远方。

小船从南慢慢驶向南方深处，载满包裹，无人驾驶。水纹照着它。

众人安静下来，手拉着手，静静观看远方。船慢慢地开。

南方灯暗。众人拍手，然后开始互相拥抱。

众　人　新年快乐！新年快乐！

一阵热情的拥抱。五号 B 也参与。

城堡经理　（对五号 B）天气冷了，我们进去吧。

众人开始疏散。五号 B 一人站在观众席边，静静地看着远方的湖。船在高处仍慢慢地开。

灯光全暗。

12-3 自他交换：五号之死

南——台北病房

五号 A、医生 A、护士二、清洁工、五号 B

南灯光亮。像一场梦，湖已经不见了。全场焦点回到台北病房，五号 A 的病床在舞台正中央。清洁工缓缓在上舞台拖地。

五号 A （微弱）后来我就回台湾了，然后我的病开始恶化，住进了这家医院。

然后来了一个医生，她一定要我说出我的故事。

然后我说了我的故事。

故事里的人很多。你们也都在里面……你们都在里面……

现在故事结束了，我谢谢你们，我可以走了。

医生 A 你说什么？不要这么说，我在你旁边。

五号 A （摇头）顾香兰走的时候，我摸着她的手，她跟我说一切感觉都是透明的，我现在知道那种感觉了，连你的手摸起来都是这样……

五号 B 已经从北绕场到南，在病房附近停留，看着五号 A。

医生 A 不会的，我在这里。

五号 A 你在这里吗？这像一场梦一样。

一场梦不管是一秒钟还是一千年，不会因为它的长度而改变它是一场梦的事实。

谁知道？说不定死亡就像一个人去买电影票，旁边另外一个人永远不见了，或者像一个人从一个车祸中站起来，发现没事，拍拍自己，就从此走开了，去过一个全新的生命。

医生 A 不要说话，你不要说话……

医生 A 抱住五号 A，深呼吸。

五号 A 我现在才知道这个世界，我们的身体，是我们自己一砖一瓦盖起来的，我们是自己的建筑师，盖了自己的房子。

我故事讲完了，终于懂了，这次这个房子没有盖好，希望以后有机会盖得更好。

医生 A 不要说话……

医生 A 抱住五号 A，深呼吸。

五号 A 你干什么？你又在呼吸？

我懂了，现在一切是透明的，我看到了！你想吸走我的痛苦，给我你的快乐。

要走的是我，这件事情应该让我来完成，让我带走一切你不要的东西吧！

五号 A 努力挣扎地坐起，紧紧抱住医生 A。

吸气是吧？（吸气）吸收你的痛苦……（吐气）给你我的快乐……（吸气）你的痛苦……（吐气）我的快乐……

两人一起呼吸。大而缓慢的呼吸声遍满剧场。

五号A对医生A呼吸。五号A动作慢慢静止下来。呼吸声停止。

医生A安静地把五号A的头放回枕头上。

医生A将矮柜上的蜡烛吹熄。护士二用床单把他的脸盖住。

12-4　我们可以走出剧场

南、观众席走道、环绕、西南楼梯

全体

灯光很暗，几乎只有蜡烛发出来的光。

护士二在下舞台开始点许多蜡烛。一直在病床旁边观看五号A死亡过程的五号B转身，拿起一根护士点的蜡烛，面对观众。其他角色缓慢上场，跟进，拿蜡烛，然后开始进入观众席走道，穿过去，绕场，包括妻子A、顾香兰B、顾香兰C、伯爵、总管等。

灯光在西南楼梯上。医生B对着观众说话。过程中，所有剧中人物继续上场，经过护士旁边，拿取蜡烛，绕场到原先说“庄如梦故事”的位置。

医生B　五号走了，我的日子还是一样过下去，每天看无数的病人，经常被推到麻痹的边缘。在这个时候，我就会想起，每一个病人背后都有这么一个故事。

剧中人物继续上场，包括上海天仙阁的人物、巴黎的艺术家们、诺曼底城堡中的人物、江红等等，他们安静而严肃地到护士身边拿取蜡烛，走到定位。

医生A　五号走了，他没有留下什么东西，也没有任何亲人。我收了他那一段日子里写的日记，以为里面会记载他故事里许多的细节，但是里面只有一些简单的句子。我翻到他最后一天写的一首诗：

（念）“有没有谁，到过这个地方？”

站在南的五号B呼应医生A的念诵，开始歌唱。

五号B（唱）有没有谁，来过这个地方？……

医生A（念）“有没有谁，看见过我的脸？……”

医生B下楼，跟着五号B一起歌唱。其他演员继续缓慢过桥，包括三位顾香兰。过程中，病床上的五号A也慢慢被医生A扶起，两人一起拿蜡烛，走过桥。

五号B（续唱）有没有谁，看见过我的脸？

我想我记得，我想我忘了，

你曾经在我梦里徘徊；

我想我记得，我想我忘了，

我曾在你的故事里歌唱；

我想我记得，我想我忘了。

歌曲结束。全体演员整整齐齐围住观众，每一个人手里都有一根蜡烛。

饰演顾香兰A的演员拿出铃，敲。

全部演员同时把蜡烛吹熄。

全场暗。

剧终

注释

1 北一女：台北市第一女子高级中学简称，是台湾最著名的女子高中之一。
2 很驴：台湾方言，意为“很蠢”。
3 ABC：美籍华人。
4 一公尺等于一米。
5 UA：美国联合航空。
6 Y Class：经济舱。
7 C Class：公务舱。
8 AA：美国航空。
9 CX：国泰航空。LH：德国汉莎航空。
10 TGV：法国高速铁路系统。
11 这里指 3–6 场。
12 Santé：“健康”，祝酒词。
13 因为在小镇酒馆那一场，江红 A 和孙女、老总管都是用“法文”交谈，现在他们见面也是很自然用“法文”，而老总管和孙女也不会怀疑江红不懂法文。
14 “米”旧作“呎”。
15 里牟吉：Limoges，大陆常译作“利摩日”，法国城市，盛产瓷器。
16 蒙巴纳斯：大陆通常译作“蒙帕纳斯”。
17 莫帝格瑞安尼：大陆通常译作“莫迪利亚尼”，意大利著名画家。

-《如梦之梦》世界首演 -

伯克利工作坊演出的首演分为两天

2000 年 2 月 23 及 24 日

伯克利采乐巴克剧场 7 号房间（Room 7, Zellerbach Auditorium)

内容全长三个半小时，用英语演出

由美国加州大学伯克利分校戏剧系制作、演出

台北艺术大学全本演出的首演分两天

2000 年 5 月 18 及 19 日

台北艺术大学戏剧厅

由台北艺术大学戏剧系制作、演出

-编剧、翻译、导演-

赖声川

-伯克利工作坊演出-

Grace Chen Doctor, Madam / Cheryl Seet Doctor / Duy Nguyen Patient #5, Old Customer, Chateau Servant, Hypnotized Man / Michael Cheng Patient #5, Old Customer, Sculptor / Daniela Melgoza 5's Wife, Prostitute, Model / Adia Shy 5's Wife, Patient Family, Gertrude / Thao Luu Jiang Hong, Alice / Maya Maravilla Jiang

Hong, Countess / **Christie Wang** Gu Xianglan / **Erica Rangel** Doctor's Cousin, Gu Xianglan / **Homer Rabara** Other Doctor, Dream Doctor, Patient #5 / **Ethan Rogers** Doctor's Father, Count/ **Hann Mao** Dying Patient, Doctor's Date, Wang, Chateau Servant, Politician's Assistant / **Jane Wang** Dying Patient, Shanghai Doctor, Nurse, Count's Household Servant / **Fred Chen** Dying Patient, Doctor's Cousin, Zhou, Salon Servant / **Ruirui Wang** Dying Patient, Prostitute / **Jaiping Liu** Colleague, Wang, Chateau Servant, Policeman / **Lily Wang** Patient Family, Shanghai Helper, Cafe Waitress / **Tad Yagi** Patient Family, Tough, Count's Household Servant, Communist, Policeman / **Marie Uy** Patient Family, Prostitute, Chateau Servant, Exotic Dancer Nurse, Bistro Owner, French Prostitute / **Gabrielle Wolodarski** Bank Official / **Dennis Somera** Orderly, Tough, Artist / **Daniel Lai** Orderly, Translator, Marcel, Bank Official / **Peter Kang** Black Sheep Cousin, Chen, Politician / **Allison Minami** Auntie, Salon Servant / **Cindy Lu** Water Girl / **The Ensemble** Storytellers, Moviegoers, Dream Pedestrians

–台北艺术大学演出–

梅若颖 饰 医生 A、咖啡店侍者 / **严艺文** 饰 医生 B、煎蛋的江红、十里红、爱玛 / **金勤** 饰 五号 A / **黄士伟** 饰 五号 B / **刘湘湘** 饰 五号妻子 A、伊莎贝尔 / **刘美钰** 饰 五号妻子 B、城堡客人、煎蛋的江红、翠琴、科学家 / **徐堰玲** 饰 江红 A、金姨、保葛楚 / **王诗淳** 饰 江红 B、二宝、双胞胎 / **易晓玲** 饰 顾香兰 A / **李依璁** 饰 顾香兰 B、煎蛋的江红 / **周姮吟** 饰 顾香兰 C / **郑仁纲** 饰 王德宝 A、西南医生、城堡侍者、侍者 / **张显魁** 饰 王德宝 B、堂弟、梦幻医生 / **雷煦光** 饰 伯爵、老客人 / 丁

肇元 饰 城堡客人、教授、萨尔瓦多 / **江谢保** 饰 病人朋友、钱老板、路易 / **吴维纬** 饰 堂妹、海关、共产党 / **巫沛芳** 饰 城堡侍者、仆人、乐手 / **李育芳** 饰 护士、台客、城堡客人、如玉、岗蒂夫人 / **沈韶姮** 饰 煎蛋的江红、雪雪、媛媛、乐手 / **林玉琪** 饰 护士、台客、城堡客人、煎蛋的江红、妙莲、双胞胎 / **林佛安** 饰 同事、警察、旅行社、台客、城堡侍者、米歇尔、法国警察 / **时一修** 饰 医生父亲、老总管、旅行社、张老板、总管 / **高煜玟** 饰 堂姐、老板娘、仆人、艾丽斯、警察 / **张文梁** 饰 林医生、城堡客人、翻译官、代书、巴黎医生 / **蒲建铭** 饰 旅行社、城堡经理、银行人员、神父 / **刘佳仁** 饰 台客、海关、琴师、皮耶 / **潘书慧** 饰 旅行社、孙女、仆人、玛莉 / **蒋孟和** 饰 酒馆客人、保镖、乐手 / **萧正伟** 饰 叫卖声、酒馆客人、城堡客人、保镖、贾克、警察、乐手 / **萧祯洁** 饰 柜台职员、煎蛋的江红、上海医生、超现实主义者、银行人员、乐手 / **全体演员** 饰 行人、旅客、病人、狂欢者

视觉创意咨询：**珊卓 · 伍德尔（Sandra Woodall）** / 舞台设计：**王世信** / 灯光设计：**简立人** / 制作人：**马汀尼、林国源** / 执行制作：**傅裕惠、房国彦** / 编剧助理：**杨美英、许正平、李季纹、黄淑锦、陈幸琪** / 导演助理：**梁文菁、董维琇、钟欣至、蔡明璇、赵毓英** / 排演助理：**黄智宏、林婉瑜** / 史料搜集：**陈幸琪等** / 舞台监督：**李强、汤佳玲、钟自宏、杨忠颖** / 舞台技术指导：**施顺晟** / 服装技术指导：**颜良夙、凌诗芬、陈映芬** / 音效技术指导：**宋正宏**

–《如梦之梦》香港话剧团版 –

2002 年 5 月 4 日，首演于香港文化中心剧场

由香港话剧团制作、演出

–编剧、导演–

赖声川

–演出–

陈煦莉 饰 医生A、煎蛋的江红、妙莲、仆人（上海）、仆人（法国）/ **郭紫韵** 饰 医生B、煎蛋的江红、雪雪、如玉、仆人、狂欢者 / **高翰文** 饰 五号病人A / **潘灿良** 饰 五号病人B / **洪迎喜** 饰 妻子A、城堡客人、煎蛋的江红、媛媛、模特儿、银行职员、狂欢者 / **黄哲希** 饰 妻子B、餐厅老板娘、城堡柜台、煎蛋的江红、伯爵夫人、女作家 / **冯蔚衡** 饰 江红A、萍香、贵妇 / **潘璧云** 饰 江红B、煎蛋的江红、翠琴、占卜家、新夫人 / **汪明荃** 饰 顾香兰A / **秦可凡** 饰 顾香兰B / **彭杏英** 饰 顾香兰C / **毛俊辉** 饰 伯爵 / **辛伟强** 饰 王德宝A、堂兄、城堡侍者、自然主义者、狂欢者 / **周志辉** 饰 王德宝B、医生父亲、死讯医生、城堡客人、舞台演员、贵客、银行职员 / **王维** 饰 医生父亲同事、城堡领班、海关、马歇、狂欢者 / **刘红荳** 饰 护士、孙女、煎蛋的江红、海关、十里红、玛莉 / **黄慧慈** 饰 护士、香港游客、城堡服务生、煎蛋的江红、二宝、美美 / **雷思兰** 饰 堂姐、警察、吉卜赛女人、城堡客人、煎蛋的江红、金姨、女同性恋者、警察、新保姆 / **邱廷辉** 饰 堂弟、警察、旅行社职员、香港游客、沈先生、咖

啡厅服务生、狂欢者 / 刘守正 饰 男友、旅行社职员、香港游客、城堡服务生、仆人（上海）、共产主义者、仆人（法国）、导游、狂欢者 / 郭志伟 饰 郭医生、旅行社职员、城堡侍者、海关、保镖、乐手、车掌、代书、狂欢者 / 欧阳奋仁 饰 病人朋友、城堡经理、教授、超现实主义者、贵客、车长 / 陈丽卿 饰 戏院售票员、旅行社职员、城堡客人、岗蒂夫人 / 叶进 饰 梦幻医生、医学院代表、城堡客人、钱老板、莫里斯/周昭伦 饰 旅行社职员、海关、保镖、美国导演、警察、狂欢者 / 孙力民 饰 书店老板、城堡客人、徐教授、杨大少、皮尔、警察 / 李子瞻 饰 老总管、张老板、总管 / 刘浩隽 饰 小孩 / 雪雪 饰 小孩

副导演：冯蔚衡 / 视觉总指导：珊卓 · 伍德尔 / 灯光设计：简立人 / 舞台设计：谭孔文 / 服装设计：黄智强 / 音乐设计：洪瑞琪 / 技术监督：林菁 / 舞台监督：冯国彬、颜尊历

–《如梦之梦》台北版–

2005年4月24日，首演于台北中正文化中心两厅院戏剧厅

由表演工作坊、中正文化中心、台北艺术大学联合制作

–编剧、导演–

赖声川

–演出–

赖梵耘 饰 医生A、咖啡馆服务生、茶馆跑堂、船客、火车乘客 / 李羿萱 饰 医生B、路人、快速铁路车掌、煎蛋的江红、上海街景行人、船客、贵客、火车家属、搜寻者、双胞胎、狂欢者 / 朱宏章 饰 五号病人A / 金士杰 饰 五号病人B / 刘美钰 饰 五号妻子A、旅客、伯爵夫人、上海街景行人、船客、艾丽斯、火车乘客伤者、狂欢者 / 谢盈萱 饰 清洁工二、五号妻子B、旅客、路人、快速铁路乘客、城堡客人、煎蛋的江红、翠琴、船客、维若妮卡、火车乘客、伤者、新仆人、狂欢者 / 徐堰铃 饰 江红A、十里红、船客、搜寻者 / 周品辰 饰 病人家属、看电影的人、江红B、如玉、船客、即兴舞者、火车家属、伤者、狂欢者 / 卢燕 饰 顾香兰A / 朱芷莹 饰 清洁工、看电影的人、顾香兰B / 丁乃筝 饰 顾香兰C / 李奇勋 饰 王德宝A、同事、看电影的人、医生四、旅客、乘客、法国客人二、船客、科学家、伤者、狂欢者 / 陈彦廷 饰 王德宝B、准男友、看电影的人、旅客、路人、乘客、法国客人四、船客、服务生、车掌、搜寻者、狂欢者 / 汤志伟 饰 伯爵、妻子的敌人 / 时

一修 饰 医生父亲、看电影的人、旅客、老总管（尚·保罗）、张老板、上海街景行人、总管、狂欢者 / **刘郁岑** 饰 看电影的人、台北各医院医生、旅客、路人、台湾客人、回忆中的城堡员工、煎蛋的江红、雪雪、伯爵夫人之中国仆人、上海街景女仆、火车乘客、伤者、狂欢者 / **高煜玟** 饰 堂姐、看电影的人、各医院医生、旅客、巴黎餐厅老板、回忆中的城堡员工、上海护士、伯爵夫人之中国仆人、上海街景行人、船客、贵妇、火车乘客、银行职员、女主人、狂欢者 / **吴维纬** 饰 堂妹、看电影的人、旅客、吉卜赛人、徐教授、金姨、船客、西蒙、乘客、上海家属、清洁工 / **刘丽君** 饰 病人家人、看电影的人、警员、旅行社员工、旅客、书店客人、城堡柜台、煎蛋的江红、海关、上海医生、上海街景、船客、船员、贵妇、新模特儿、狂欢者 / **徐尹戈** 饰 病人、看电影的人、梦幻医生、医学院代表、旅客、书店客人、快速铁路乘客、城堡客人、杨大少、上海街景、船员、萨尔瓦多、火车家属、搜寻者、狂欢者 / **吴亮群** 饰 陈医生、看电影的人、旅客、书店客人、城堡侍者、回忆中的城堡员工、海关、沈先生、船员、贾克、火车乘客、搜寻者、巴黎医生、狂欢者 / **吴霞** 饰 病人家属、看电影的人、旅行社员工、旅客、路人、台湾客人、城堡服务生、煎蛋的江红、二宝、船客、巴黎仆人、双胞胎、狂欢者 / **王樱陵** 饰 病人、售票员、旅行社员工、旅客、路人、总管孙女、煎蛋的江红、妙莲、玛莉、火车乘客、伤者、狂欢者 / **曹庭佳** 饰 护士一、看电影的人、旅客、路人、快速铁路乘客、城堡客人、煎蛋的江红、海关、媛媛、船客、岗蒂夫人、火车乘客、伤者、新夫人、中年妇人、狂欢者 / **林劭翰** 饰 病人、看电影的人、旅客、路人、小酒馆客人、回忆中的城堡员工、保镖、船客、路易、火车乘客、伤者、巴黎餐厅侍者、男客、狂欢者/ **宋厚宽** 饰 堂哥、看电影的人、旅客、路人、台湾客人、回忆中的城堡员工、教授、船客、贵客、代书、巴黎餐厅侍者、狂欢者 / **徐丞** 饰 工友、看电影的人、旅行社员工、巴黎餐厅老客人、城堡侍者、保镖、男仆、警员、巴黎餐厅侍者、巴黎医院工友、狂欢者 / **黄缘文** 饰 病人家属、看电影的人、旅行社员工、旅客、书店老板、小酒馆客人、回忆中的城堡员工、琴师、船客、行李夫一、超现实主义者、火车乘客、伤者、搜寻者、巴黎餐厅侍者、狂欢者 / **陈柏清** 饰 工友、烤玉米小贩、警员、旅客、路人、台湾客人、城堡服务生、笛师、行李夫、共产主义者、巴黎医院工友、狂欢者 / **林治廷** 饰 林医生、看电影的人、旅客、路人、城堡经理、钱老板、茶馆客人、船客、皮耶、火车乘客、伤者、狂欢者 / **许乃涵** 饰 护士二、路人、快速铁路乘客、城堡客人、煎蛋的江红、萍香、船客、贵妇、火车乘客、伤者 / **詹辉振** 饰 病人、看电影的人、台北各医院医生、旅客、路人、城堡领班、海关上海急救人员、上海街景、船员、贵客、银行经理、男主人、狂欢者

舞台设计：**王世信** / 灯光设计：**简立人** / 服装设计：**沈航** / 音乐设计：**洪予彤** / 彩妆及发型设计：**铃鹿玉静** / 形体指导及编舞：**伍宇烈** / 技术总监及舞台监督：**刘培能** / 舞台技术指导：**斯建华** / 灯光技术指导：**方渌芸、李智翔** / 舞台制作：**景翔舞台设计有限公司** / 监制：**丁乃竺** / 制作人：**谢明昌** / 执行制作：**刘士祯、简玉婷**

台北艺术大学戏剧学院制作群 制作人：**林国源、简立人** / 执行制作：**詹惠登、陈婉丽** / 舞台技术指导：**杨金源** / 服装技术指导：**凌诗芬、颜良夙** / 音效统筹与执行：**陈杰骏** / 副导演：**钟欣志** / 导演助理：**詹辉振、王希捷、高煜玟、王序平** / 排演助理：**张嘉芸、徐福君、周文婷**

-《如梦之梦》北京版-

2013年4月1日，首演于北京保利剧院

由北京央华文化制作、演出

-编剧、导演-

赖声川

-演出-

李宇春 饰 医生A、说故事者 / **赵蕙梓（赵子锌）** 饰 医生B、翠琴、梦中行人、买票行人、旅客、街头行人、火车服务生、法国客人五、煎蛋的江红、船客、贵妇、乐手、乘客、银行经理、路人、说故事者 / **孙强** 饰 五号病人A或伯爵（部分场次）、说故事者 / **胡歌** 饰 五号病人B、说故事者 / **张艺霖** 饰 妻子A、伯爵夫人、模特儿（维若妮卡）、清洁工一、街头行人、快速火车乘客、煎蛋的江红、旅客、船客、乘客、女主人、狂欢者、说故事者 / **孙铭晗** 饰 妻子B、萍香、新伯爵夫人（部分场次）、咖啡馆老板、病人家属、旅行社员工、旅客、台湾客人四、城堡柜台、煎蛋的江红、海关、船客、女仆一、乘客、街头行人、中年妇人（部分场次）、说故事者 / **徐堰铃** 饰 江红A、说故事者（部分场次）/ **刘美钰** 饰 江红A或堂妹、宝霞、艾丽斯、新伯爵夫人、买票行人、梦中行人、旅客、街头行人、法国客人三、船客、乘客、中年妇人、狂欢者、说故事者 / **吴浇浇** 饰 江红B、媛媛、哲学家、病人、买票行人、梦中行人、旅客、医生一、船客、贵妇、乘客、街头行人、新仆人、狂欢者、说故事者 / **史可** 饰 顾香兰A、说故事者 / **谭卓** 饰 顾香兰B、说故事者 / **许晴** 饰 顾香兰C、说故事者 / **金士杰** 饰 伯爵、说故事者（部分场次）/ **闫楠** 饰 王德宝A或五号病人A、堂哥、买票行人、梦中行人、医生四、旅客、街头行人、法国客人二、家属、市长随从、警卫、船客、狂欢者、说故事者 / **李宗雷** 饰 王德宝A（部分场次）、萨尔瓦多、马老板、陈主任、买票行人、梦中行人、医生二、旅客、台湾客人一、法国客人二（部分场次）、船客、乘客、街头行人、神父、狂欢者、说故事者 / **罗巍** 饰 王德宝B、妻子的敌人、林医生、买票行人、旅行社员工、旅客、小酒店客人、回忆中的总管、船客、贵客、市长、乘客、街头行人、狂欢者、说故事者 / **陈溱** 饰 十里红、岗蒂夫人、堂妹（部分场次）、徐教授、清洁工二、买票行人、梦中行人、旅客、街头行人、法国客人一、煎蛋的江红、船客、贵妇、乘客、狂欢者、说故事者 / **杨雪** 饰 金姨、堂姐、作曲家、买票行人、梦中行人、餐馆老板、法国客人三（部分场次）、煎蛋的江红、船员、贵妇、乘客、街头行人、上海护士、狂欢者、说故事者 / **萧慧文** 饰 摄影师、二宝、护士二、梦中行人、买票行人、台湾客人二、城堡女服务生、煎蛋的江红、船客、女仆二、街头行人、说故事者 / **金珊** 饰 玛莉、妙莲、孙女、护士一、买票行人、梦中行人、旅客、书店顾客、煎蛋的江红、中国仆人一、家属、女孩、狂欢者、说故事者 / **牛婷婷** 饰 吉卜赛人、如玉、雪雪、病人家属、电影院售票员、旅行社员工、旅客、街头行人、快速火车乘客、回忆中的玛莉、煎蛋的江红、家属、贵妇、艾丽斯（部分场次）、银行行员、新模特儿、船客、狂欢者、说故事者 / **傅兴** 饰 皮耶、张老板、梦幻医生、医学院代表、病人家属、买票行人、旅客、书店顾客、城堡经理、船客、乘客、街头行人、说故事者 / **王鹤鸣** 饰 老总管（尚·保罗）、医生之父、买票行人、梦中行人、旅客、街头行人、教授、船客、狂欢者、说故事者 / **顾浩然** 饰 超现实主义者、翻译（沈先生）、上海医生、同事、病人、买票行人、梦中行人、旅行社员工、旅客、书店老板、法国客人六、餐馆客人、茶馆客人、船员、贵客、车掌、代书、街头行人、狂欢者、说故事者 / 屠楠 饰 路易、钱老板、病人家属、买票行人、梦中行人、台北警察、旅行社员工、旅客、把脉者、小酒馆客人、城堡领班、茶馆跑堂、船员、贵客、家属、法国警察、街头行人、狂欢者、说故事者 / 孙小乐乐 饰 共产党、杨大少、病人、堂哥、准男友（部分场次）、买票行人、梦中行人、侍者二、家属、贵客、警卫（部分场次）、街头行人、狂欢者、说故事者 / 曲浩天 饰 贾克、咖啡馆服务生、工友一、准男友（部分场次）、买票行人、梦中行人、台北警察、旅客、街头行人、快速火车旅客、侍者一、验关、保镖一、行李夫一、家属、法国警察、男主人、船客、狂欢者、说故事者 / 阮力 饰 神秘舞者、男孩、病人、堂弟（部分场次）、探病者、烤玉米的小贩、梦中行人、旅客、台湾客人三、城堡男服务生、煎蛋的江红、茶水、中国仆人二、卖花小贩、船客、男仆、乘客、街头行人、狂欢者、说故事者 / 胡帅 饰 笛师、乐手、买票行人、梦中行人、旅客、法国客人四、船客、贵客、家属、学画者、街头行人、说故事者 / 王路 饰 乐手、街头艺人、工友二、买票行人、梦中行人、旅客、保镖二、行李夫二、乘客、船客、街头行人、说故事者

-《如梦之梦》北京版首演后调换的演员包括-

卢燕 饰 顾香兰A / 赖梵耘 饰 医生A / 刘璇 饰 萍香、翠琴、维若妮卡等 / 巴晨旭 饰 准男友、共产党、马老板等 / 牛婷婷 饰 江红B等 / 徐堰铃 饰 十里红等 / 刘美钰 饰 妻子A、伯爵夫人等 / 马琦 饰 乐手等 / 罗永娟 饰 护士、二宝、摄影师等 / 马思纯 饰 医生B、翠琴等 / 孔雁 饰 医生B、翠琴、岗蒂夫人等 / 铁伟光 饰 王德宝B等 / 李响 饰 钱老板、路易等 / 靳川川 饰 翻译、超现实主义者等 /

任薪橦 饰 医生B、媛媛等 / 郑星源 饰 神秘舞者、男孩等 / 翟天临 饰 伯爵 / 孙坚 饰 王德宝 / 苏晔 饰 妻子B、新伯爵夫人、岗蒂夫人等 / 闫楠 饰 伯爵 / 张本渝 饰 顾香兰C

服装造型总监：叶锦添 / 舞台设计：张哲龙 / 灯光设计：简立人 / 原创音乐：洪予彤、胡帅、赖声川 / 花艺设计：HAUS 658 / 形体指导及编舞：陈武康 / 副导演：栾岚 / 监制：丁乃竺 / 制作人：王可然、段嵘、谢明昌

赖声川

1954 年出生于美国华盛顿，籍贯江西会昌，生长于美国与台湾，美国加州伯克利大学戏剧博士，前台北艺术大学戏剧学院教授及院长。世界上最著名的华人戏剧家之一，被誉为"现今最顶尖的中文剧作家"(BBC)、"亚洲剧场导演之翘楚"（《亚洲周刊》）。

三十余部原创编导戏剧作品对当代华人剧场艺术及文创产业影响甚深。台湾表演工作坊创始人及艺术总监、上海上剧场艺术总监、乌镇戏剧节发起人及常任总监，创意理论学者（著有《赖声川的创意学》），曾任教于美国斯坦福大学及加州伯克利大学。

赖声川剧作集

《如梦之梦》

《宝岛一村》

《圆环物语》

《水中之书》

《如影随行》

《暗恋桃花源》

《十三角关系》

《红色的天空》

《在那遥远的星球，一粒沙》

赖声川历年作品清单

《我们都是这样长大的》
《摘星》
《过客》
《那一夜，我们说相声》
《变奏巴哈》
《暗恋桃花源》
《田园生活》
《圆环物语》
《西游记》
《回头是彼岸》
《这一夜，谁来说相声？》
《台湾怪谭》
《红色的天空》
《又一夜，他们说相声》
《先生，开个门！》
《我和我和他和他》
《十三角关系》
《菩萨之三十七种修行之李尔王》
《如梦之梦》
《千禧夜，我们说相声》
《新加坡即兴》
《在那遥远的星球，一粒沙》
《乱民全讲》
《这一夜，Women 说相声》
《上海·故事》
《如影随行》
《陪我看电视》
《宝岛一村》
《那一夜，在旅途中说相声》
《梦想家》
《大桥上的对话与独白》
《梦游》
《水中之书》
《蓝马》
《隐藏的宝藏》
《鲸鱼图书馆》
《游园·流芳》
《幺幺洞捌》
《曾经如是》

扫码加入

春潮线上读书会

图书策划　中信出版·春潮

总 策 划　杨　爽

特约策划　叶国政

策划编辑　刘　晴

责任编辑　杨心怡

营销编辑　毛海燕

装帧设计　周滕家二郎　杨泳琪　侯明洁 | 创意工场

出版发行　中信出版集团股份有限公司

服务热线：400-600-8099　网上订购：zxcbs.tmall.com

官方微博：weibo.com/citicpub　官方微信：中信出版集团

官方网站：www.press.citic